# 미래에서 온 영화감독

철순 현대 판타지 장편소설

WISHBOOKS MODERN FANTASY STORY

# 미래에서 온 영화감독 10

**철순 현대 판타지 장편소설**

초판 1쇄 찍은 날 | 2019년 9월 20일
초판 1쇄 펴낸 날 | 2019년 9월 27일

지은이 | 철순
펴낸이 | 예경원

기획 | 위시북스
편집책임 | 이규재
편집 | 위시북스

펴낸곳 | 예원북스
등록번호 | 제396-2012-000132호
등록일자 | 2012. 7. 25
KFN | 제1-471호

주소 | 경기도 고양시 일산동구 호수로 646-24 위너스21II빌딩 206A호 (우)10401
전화 | 031-819-9431 팩스 | 031-817-9432
E-mail | yewonbooks@naver.com

ISBN 979-11-365-0167-7 04810
     979-11-965806-5-0 (set)

Wish Books

완결

**10**

# 미래에서 온 영화감독

철순 현대 판타지 장편소설

WISHBOOKS MODERN FANTASY STORY

미래에서 온
# 영화감독

# CONTENTS

◀ 1장 ▶
## 독점(3)

둘만의 시간을 보낸 두 사람이 방에서 나오자, 강찬의 어머니가 묘한 미소를 지은 채 말했다.

"아들, 스케줄 있어?"

"아니. 오늘은 널널해."

"진주 만난다고 아예 싹 비웠나 봐? 그럼 저녁 먹자. 뭐 먹을래?"

대답할 틈도 없이 몰아치는 화술에 강찬은 헛웃음을 흘린 뒤 여진주에게 물었다.

"뭐 먹고 싶은 거 있어?"

"아, 된장찌개요. 어머니가 된장찌개가 엄청 맛있다고 오빠가 자랑했었거든요."

"된장찌개만 먹긴 좀 그렇고. 고기라도 구울까?"

"좋다."

"그럼 나가서 장 좀 봐와라."

강찬은 무심코 고개를 끄덕였다가 이내 여진주를 바라보았다. 전 세계에서 가장 주목받고 있는 감독 강찬과 한국인이라면 모르는 사람이 없는 여진주. 두 사람이 같이 장을 본다?

그런 강찬의 시선을 읽은 여진주가 씩 웃으며 답했다.

"차에 마스크 있어요. 패딩 목 끝까지 올리고 마스크 쓰고 선글라스에 모자까지 쓰면 못 알아보지 않을까요?"

"그럼 되겠네."

패딩에 마스크, 모자까지 눌러쓴 두 사람은 눈밖에 보이지 않았다. 그마저도 선글라스로 가리자 부모님이 보아도 못 알아볼 상황.

서로를 바라보며 웃던 두 사람은 차에 올랐고 곧 여진주가 운전하는 미니 쿠퍼가 마트로 출발했다.

그렇게 마트에 도착한 두 사람은 어느 커플들처럼 딱 붙어선 장을 보기 시작했다.

"고기는 이 정도면 될까요?"

"충분할 거 같은데. 무채 좋아하지?"

"네, 2개 사요."

알아보는 사람이 없다는 것 때문일까, 아니면 들킬지도 모른다는 스릴 때문일까.

여진주는 강찬과 팔짱을 낀 채 이리저리 돌아다니며 쇼핑을 즐겼다.

강찬 또한 마찬가지.

오랜만에 느끼는 소소한 행복에 미소를 머금은 채 그녀와의 데이트를 즐겼다.

그렇게 장 보는 게 끝나갈 무렵. 여진주는 선글라스가 답답했는지 잠시 벗었다.

"오빠는 안 답답해요?"

"나보다는 진주 네가 더 익숙하지 않아? 맨날 쓰고 다닐 텐데."

"전 그래도 답답해서. 미국 가면 안 쓰고 다녀도 되겠죠?"

"영화 찍기 시작하면 바로 파파라치들 붙을걸."

"으으, 싫다."

한 1분이나 대화를 나눴을까. 강찬과 여진주를 스쳐 지나가는 학생들의 목소리가 두 사람의 귀로 흘러들어왔다.

"방금 여진주 아니야?"

"에이, 여진주가 왜 여기 있어. 그리고 눈만 보고 어떻게 아냐."

"내가 VOV 덕질만 몇 년인데 딱 보면 알지. 완전 여진주 눈이었는데."

"여진주가 이런 마트에서 남자친구랑 장을 본다고? 말이 되는 소리를 해라."

"그런가?"

두 학생은 강찬과 여진주를 따라오려다가 발걸음을 멈추었다. 여진주는 선글라스를 다시 썼고 그와 동시에 카트를 끄는 두 사람의 발걸음이 빨라졌다.

"눈만 보고 알아보는 사람이 있네."

"얼른 계산하고 나가요."

깜짝 놀란 두 사람은 바로 계산대로 향했다. 캐셔 앞에 선 여진주가 아까 그 학생들이 행여나 따라오진 않을까 걱정하는 사이.

"할인되는 카드 있으신가요?"

"아뇨."

"하나 만들어 드릴까요?"

"괜찮습니다."

캐셔와의 짧은 대화 후, 사인을 마친 강찬이 물건을 담았다. 그때. 캐셔가 강찬을 빤히 바라보며 물었다.

"강찬 씨?"

"예?"

"맞죠? 강찬 감독님."

캐셔는 조용히 물었고 당황한 강찬은 고개를 저었다. 하지만 캐셔는 확신한 듯 고개를 끄덕이더니 흐뭇한 미소를 지으며 말했다.

"비밀로 해드릴게요."

강찬이 고개를 끄덕이자 캐셔가 말을 이었다.

"대신 사인 하나만 해주시면 안 될까요?"

"예. 근데 어떻게 아셨어요?"

"목소리. 그리고 사인이랑 이름이요."

별생각 없이 원래 사인을 그대로 한 걸 알아본 모양. 여진주만 조심하는 게 아니라 강찬도 조심했어야 했다.

강찬은 별수 없이 고개를 끄덕였고 캐셔는 A4 용지를 내밀었다. 강찬이 사인을 해주자 캐셔는 짧게 윙크를 하더니 말했다.

"진짜 비밀로 해드릴게요."

"감사합니다."

"좋은 하루 보내세요."

짐을 들고나와 차에 탄 두 사람은 누가 먼저랄 것도 없이 긴 한숨을 내쉬었다.

"후. 조마조마했어요."

"앞으론 더 조심해야겠다."

"미국 가면 좀 괜찮아지지 않을까요?"

"영화 찍기 시작하는 순간 파파라치들 붙을걸."

"아…… 오빠 대감독님이셨지."

"대감독님은 뭐야."

"그래도 좋네요. 오빠랑 다시 영화 찍을 생각 하니까."

"나도."

그의 무뚝뚝한 대답에 여진주가 씩 웃으며 물었다.

"방금 그 대답, 앞으로 노력한다는 그건가요?"

강찬은 대답 대신 고개를 돌려 창밖을 보았고 싱글벙글한 여진주는 차를 출발시켰다.

삼겹살과 된장찌개.

미국에서도 마음만 먹으면 즐길 수 있는 음식이지만 한국, 그것도 어머니가 해주는 음식은 근본이 달랐다.

"맛있네."

"그럼. 누가 한 요린데."

"진짜 맛있어요."

식사는 자연스럽게 술자리로 이어졌고 빈 소주병이 하나둘씩 놓여갔다. 그렇게 잔이 오가고 즐거운 분위기 속. 강찬이 여진주에게 물었다.

"슬슬 가야 하지 않겠어?"

"음? 저 오늘 집에 안 갈 건데요."

"……뭐?"

"자고 갈 거예요."

당황한 강찬이 어머니를 바라보자 한연숙 여사는 자주 그랬다는 듯 고개를 끄덕이며 빈 방 하나를 가리켰다.

"저기 손님방 있잖아. 우리 아들 무슨 생각해?"

강찬이 말없이 소주를 따르자 두 여자는 웃음을 터뜨렸다. 그렇게 몇 잔이 더 오갔을 때.

모자의 술판을 버티지 못한 여진주는 테이블에 기댄 채 잠이 들었다.

"진주 데려다 놓고 올게."

"네 방 말고 손님 방에 데려다 놔라."

"예, 예."

여진주를 안아 손님방 침대에 눕힌 뒤 이불까지 덮어주고 돌아온 강찬은 어머니를 바라보며 말했다.

"엄마. 내가 아까부터 생각한 건데."

"결혼은 빠를수록 좋지."

"……아니. 그거 말고."

"에잉. 그럼 뭔데?"

어머니가 봉사를 다닌다는 말을 들었을 때, 강찬은 ATM에서 진행 중인 자선재단이 떠올랐다.

홀로 봉사를 다니시는 것보다는 강찬의 회사에서 함께 봉사를 다니는 게 더 좋을 것 같았기 때문.

강찬의 설명을 들은 어머니는 고개를 끄덕였다.

"그것도 괜찮네."

"엄마만 괜찮으면 전 세계 돌아다닐 수도 있고, 아니면 한국에서 진행하는 걸 엄마가 하셔도 되고. 혼자 계시면 적적하잖아."

"그걸 아는 놈이 왜 그렇게 집에 안 들어와?"

"앞으론 자주 들르겠습니다."

"아빠 닮아서 말은…… 그래서. 그거 하면 너희 회사에서 같이 일하는 거니?"

"그것도 괜찮고. 한 2~3개월은 있어야 발족할 것 같으니까 그때까지만 결정하시면 됩니다."

"그래. 좀 더 생각해 보고 얘기해주마."

"아, 병원은 꾸준히 다니고 계시지?"

"당연하지. 요즘은 진주랑 필라테스도 다닌다."

"필라테스?"

강찬이 헛웃음을 흘리자 어머니가 씩 미소를 지으며 말했다.

"전에 들어보니까 사귀는 사이도 아니라며. 얼른 잡아. 엄마가 이 나이까지 살아오면서 저런 여자 몇 못 봤어."

"그래서 오늘 잡았어."

"어머어머, 방에서 뭔 일 있었긴 했구나?"

"일은 무슨."

강찬은 고개를 저으며 잔을 들었고 그의 어머니는 다 안다는 미소를 지으며 그와 건배했다.

잔이 부딪치는 청명한 소리와 함께 모자는 술을 들이켰다.

"아들, 미국은 어때?"

"사람 사는 게 다 비슷하지 뭐. 그리고 일하느라 바빠서 여행 다녀본 적도 없어."

"그렇게 시간이 없어?"

"아들이 또 세계에서 가장 잘 나가는 영화감독이잖아."

"그러시겠지요."

"아, 그건 있다. 전에 촬영장에서……."

미국에서 있던 이야기를 하고 어머니의 이야기를 듣는 시
간. 술은 술술 들어갔고 기분 좋은 밤은 그렇게 깊어갔다.

다음 날.

집에서 시간을 보내던 강찬은 늦은 오후가 되어서야 집을
나섰다.

오늘 있는 스케줄은 단 하나.

백중혁을 만나는 것이었다.

짧은 겨울 해가 질 무렵의 서울 근교. 한식당에서 두 사람
이 만났다.

"오랜만에 뵙습니다."

"반갑네. 그런데 어째 빈손인가?"

"그럴 리가요."

강찬은 미리 준비해 온 위스키를 꺼내 상 위에 올렸고 그제

야 백중혁의 얼굴에 미소가 걸렸다.

"달모어인가?"

"예, 구하느라 애 좀 썼습니다."

사슴 머리 모양의 로고를 사랑스럽다는 듯 바라보던 백중혁은 마른 침을 꿀꺽 삼키곤 말을 이었다.

"벌써 침이 고이는구먼."

"두 병 준비했습니다. 한 병은 같이 드시고 한 병은 집에서 드시죠."

"으하하, 역시 강 감독이야. 숨겨둔 한 수가 있어."

기분 좋게 웃은 백중혁은 술병을 자신의 앞에 놓으며 물었다.

"한 병은 오랜만에 만나는 것에 대한 선물로 퉁 치고. 다른 한 병은 뭔가?"

"그것도 선물이죠."

"아무런 대가 없는?"

"그럼요. 지금까지 함께해 주시고, 앞으로 함께해 주실 것에 대한 감사의 표현이죠."

백중혁은 그럴 리 없다는 듯 눈을 흘기다가 이내 고개를 끄덕였다.

"자네가 그렇다면야. 식사는 아직이지?"

"예."

"여기 방어가 아주 일품이야. 자네 방어 좋아하나? 제주도에서 올라오는 방언데 서울, 아니, 전국에서 최고지."

"방어 좋죠."

"그럴 줄 알았네."

강찬이 들어오고 얼마 지나지 않아 상이 차려졌다. 정갈히 담긴 방어 회가 올라오자 백중혁이 말했다.

"여름 방어는 개도 안 먹는다지만 겨울 대방어는 참치보다 훨씬 낫지. 특히 이 뱃살. 단단한 식감에 적당한 기름기. 거기에 고소한 맛까지. 한 점 들어보게나."

살짝 붉은 기가 도는 방어 뱃살을 한 점 집어 먹은 강찬은 고개를 끄덕였다.

"맛있네요."

"그렇지?"

참치와 비슷하지만 조금 다른 식감. 거기에 고소함과 쫄깃함은 한 수 위라 보아도 될 정도였다.

회로 배를 채우고 슬슬 술잔이 오가기 시작했을 때. 강찬이 먼저 물었다.

"한국 시장은 좀 어떻습니까?"

강찬 영화에 대한 반응이 가장 뜨거운 나라는 누가 뭐라 해도 한국이다. 그걸 모를 강찬이 아니었고 질문의 의도를 모를 백중혁도 아니었다.

"독점이다, 대기업의 횡포다, 말은 많았네만 L 기업이 나서면서 다들 쉬쉬하고 있네."

"L 기업이요."

"그래. 자네 영화가 시장에 나오기 전까지는 3개의 배급사가 한국 영화판을 나눠 먹고 있었지만, 이제는 L 기업이 제일 아닌가."

"그렇죠."

강찬의 영화를 한국에 배급하는 회사는 백중혁이 대표로 있는 백 미디어다. 그리고 백 미디어는 L 기업과 손을 잡고 플렉스에 뿌리고 있는 상황이다.

간단히 말하자면 6편의 천만 영화를 배급하면서 얻은 이익으로 L 기업이 한국 배급사 중 원탑으로 올라섰다는 소리.

"그렇다 보니 L 기업에서 자네 쉴드를 치는 건 당연한 게 된 거지."

"재밌네요."

과연 안민영의 입김이 들어간 후 L 기업이 움직인 걸까, 아니면 그 전에 움직여서 불똥이 튀는 걸 막아준 것일까.

잠시 고민하던 강찬은 고개를 저었다. 이쪽 문제는 자신이 아닌 ATM의 전문 경영인들의 일이다.

"어째 사업적인 이야기만 하고 있구먼. 공과 사는 구별해야지. 그렇지 않나?"

"그럼요. 사적인 이야기로 넘어가기 전에. 마지막으로 공적인 이야기 하나만 해도 되겠습니까?"

강찬의 물음에 백중혁의 시선이 달모어 위스키 두 병으로 향했다. '저거 뇌물이었지?'라고 묻는 듯한 눈빛.

강찬이 씩 웃자 백중혁은 짧은 한숨을 뱉으며 말했다.

"하지 말라고 해도 할 거 아닌가."

"그건 아닙니다."

"마음에도 없는 소리. 어디 해보게."

"지금 대표로 계시는 백 미디어 있지 않습니까. ATM에 합류하시는 건 어떠십니까?"

"……합병하자?"

강찬의 ATM은 한국을 제외한 다른 나라에서 'ATM GLOBAL FILM'이라는 회사를 세워두었다. 글로벌 필름의 역할은 강찬의 영화를 배급하는 것.

하지만 한국에서는 백 미디어가 그 역할을 맡고 있었고 글로벌 필름이 들어오지 않은 상황이었다.

"정확히는 ATM GLOBAL FILM 한국 지사를 맡아주셨으면 합니다."

"그다음은?"

백중혁을 단순히 한국 지사의 대표로 두기 위해서였다면 굳이 합병을 할 필요가 없다. 그렇기에 백중혁이 그다음을 물어온 것.

강찬은 그의 날카로운 질문에 미소를 지으며 답했다.

"1년. 그쯤 뒤에는 IPTV 부서를 확장할 생각입니다. 물론 지금부터 인재를 확보하고 인트라를 넓혀야 하니 정확히는 한국 지사를 맡아주시는 동시에 IPTV 쪽을 전담해 주시면 될 것 같습니다."

강찬의 대답에 백중혁은 숨이 턱 막히는 것을 느꼈다.

그의 말대로라면 IPTV 사업을 전 세계로 늘리겠다는 말이 되고 만약 그 인트라를 독점할 수 있다면.

오일 프린스들이 부럽지 않은 부를 쌓을 수 있을 터.

막힌 숨을 위스키 한 잔으로 뚫어낸 백중혁은 후, 하고 숨을 내쉬며 말했다.

"전 세계적으로 판을 키우겠다?"

"예. IPTV의 가능성은 무궁무진합니다. 지금보다 더욱 큰 시장이 올 것이고 미리 선점해 둔다면 독점까지도 가능하겠죠. 그 발판은 완성되어 있다고 생각합니다."

백중혁은 강찬과 함께 IPTV에 대해 논의하던 몇 년 전을 떠올렸다.

그 때 강찬이 말했던 것은 '한국 시장의 독점.'

당시에는 충분히 가능해 보였고 백중혁은 지금까지의 사업 노하우, 그리고 이 자리까지 오게 해준 추진력을 통해 IPTV 사업을 궤도에 올려두었고 한국 시장의 독점을 코앞에 둔 상태였다.

"나에게 IPTV 사업을 말했던 때. 그 옛날부터 지금 이 순간을 생각했던 겐가?"

"그때는 밑그림만 그려둔 상태였습니다. 어떻게 될지는 저도 몰랐으니까요."

강찬은 전부 알고 있었다.

IPTV가 성공할 거라는 것도, 백중혁이 한국에서 이 사업을 독점할 수 있을 거라는 것도.

강찬이 확신하지 못한 것은 자기 영화의 흥행뿐이었으니까.

하지만 영화는 승승장구를 넘어 고공행진을 하고 있었고 그 덕에 지금까지 그려온 모든 그림이 완성되어 더욱 큰 그림이 그려지고 있었다.

"매번 하는 말이지만…… 참 자네는 참 대단해."

"감사합니다."

"그래. 자네 말대로 흘러간다면. IPTV 산업을 독점하고 엄청난 부와 명예를 쥘 수 있을 걸세. 그런데 하나 궁금한 게 있어."

"뭡니까?"

"왜 난가?"

강찬은 미리 준비해 온 듯, 물 흐르듯 답했다.

"최고의 전문가시니까요."

"전문가라."

"예. 지금 대한민국, 아니, 전 세계를 포함해 IPTV에 대해 사장님보다 많은 걸 알고 있는 사람이 몇이나 될까요?"

"많진 않겠지."

"그것 때문입니다. 실무에 능숙하면서 경험이 있고 능숙한 데다 연륜까지. 사장님이 저였다면 다른 사람을 찾으셨겠습니까?"

그의 질문에 백중혁은 고개를 저었다. 자신이 강찬의 상황이었어도 자신을 뽑았을 터.

백중혁은 위스키를 한 잔 더 마신 뒤 말을 이었다.

"독점이라. 할 수 있겠나?"

"못 할 건 없다고 봅니다."

"좋은 자신감이야."

자신감만 있다거나. 혹 돈만 있다거나. 미래에 대한 계획만 있다거나. 강찬에게 무언가 하나라도 모자랐다면 단칼에 거절했을 것이다.

하지만 강찬은 모든 것을 가지고 있었다.

그랬기에 허황된 계획 같은 그의 말이 참으로 설득력 있게 들렸다.

"내가 생각한 노년은 이런 게 아니었는데 말이지."

"노년이라뇨. 아직 한창이지 않으십니까."

"말이라도 고맙구먼."

일흔 줄에 나이에도 강찬보다 너른 어깨와 단단한 몸을 한 백중혁이었기에 노년이라는 말이 피부로 다가오진 않았다.

"그래. 다시 한번 같이 가 보세나."

"믿어주셔서 감사합니다."

"내가 더 고맙지."

백중혁은 또 다시 짧은 한숨을 내쉰 뒤 물었다.

"전에 듣기로 안토니 갤리웍스도 ATM으로 들어갔다 하던데."

"소식이 빠르십니다. 예. 얼마 전에 입사하셨습니다."

"그 양반도 한 자리 꿰찼나?"

"그렇습니다."

"언제 한번 만나 보고 싶었는데 잘 됐구먼. 다음에 사업 이야기 차 한 번 미국에 들르겠네. 그때 자리를 만들어줄 수 있겠나?"

"당연하죠. 안토니도 반가워 할 겁니다."

"영화판으로 모자라 부가산업, 거기에 인재들까지 독점이라니. 참 욕심 많은 사람이야."

"욕심보다는 포부가 크다고 해주시죠."

"포부. 그래, 그거 좋구먼."

백중혁은 껄껄 웃더니 잔을 내밀었다.

"이제 공적인 이야기는 끝이지?"

"예."

"그럼 드세나."

백중혁과 안토니. 두 사람은 미국과 한국 영화계의 살아 있는 전설이라 해도 모자람이 없는 이들이다.

그런 인물 둘을 한 회사로 묶었으니 독점이라는 말을 듣는 것도 당연하다.

하물며 전 세계에 있는 인재들만 모아 꾸린 회사가 ATM 아닌가.

'더 많이 독점해야지.'

모두가 원하는 하나의 물건을 독점하는 것은 위험하다. 말 그대로 모두가 원하기 때문에 어떤 변수가 생길지 모르기 때문.

하지만 모두가 원하는 물건을 나 혼자만 생산할 수 있다면?

이야기가 달라진다.

억만금을 든 이들이 수없이 찾아와 팔기를 원할 터. 강찬이 하고 있는 것이 바로 그런 독점이었다.

공공의 적이 되는 것이 아닌, 모두의 워너비가 되는 것.

하나씩 단추를 끼워오다 보니 어느새 거의 모든 단추가 끼워진 지금.

멀기만 했던 꿈이 손에 닿을 듯 가깝게 느껴지고 있었다.

이틀 뒤, 인천공항 VIP 라운지.

약속 시각보다 30분 일찍 도착한 서대호가 라운지에 들어섰다. 그가 짐을 내려놓을 때, 안민영이 들어오며 말했다.

"일찍 왔네요?"

"전에 한 번 비행기 놓친 적이 있어서 30분은 일찍 와야 마음이 놓이더라고요."

"그 기분 알죠."

"안 이사님도 일찍 오셨네요?"

"전 근처에서 일이 빨리 끝나서. 휴가는 어땠어요?"

"좋았죠. 미국에서는 잘 몰랐는데 한국 오니까 완전 스타 된 기분이었어요."

"그럴 만하죠. 좋았겠어요."

강찬의 빛에 가려 세간의 집중을 받지 못하고 있긴 하지만 서대호의 커리어 또한 엄청난 것은 두말할 필요 없는 사실이다.

두 사람이 휴가에 대해 이야기를 나누는 사이, 윤가람과 송인섭이 도착했고 인사를 나눈 사람들이 자리에 앉았다.

"돌아가면 바로 시작이겠네요."

"찬이 성격상 100%죠."

"아, 송 배우님은 이번에 어떤 배역인지 들으셨어요?"

"조연이라는데 아직 대본을 못 받아서 잘 모르겠어요. 다른 분들은 뭐 들은 거 없으세요?"

송인섭의 물음에 나머지 세 사람도 고개를 저었다.

전 세계가 주목하고 있는 강찬의 차기작인 만큼 당연히 기밀이 유지되고 있었고 여기 있는 사람들이라고 예외는 아니었다.

"진짜 쪽대본만 받고 촬영하는 거 아닌가 몰라."

"마블 쪽 보니까 진짜 그렇게 진행한다고 하더라고요. 배우들 계약은 3편씩 되어 있는데 자기 캐릭터가 죽을지 살지도 모른대요."

스토리 유출이 되는 순간, 영화에 대한 흥미는 반감되기 마련이다. 그렇기에 할리우드의 수많은 제작사가 대본 유출을 필사적으로 막는 것이다.

강찬의 차기작이 어떨지에 대해 대화를 나누던 윤가람이 송인섭을 바라보며 말했다.

"떨리시겠어요."

"아무래도 그렇죠. 인맥으로 캐스팅된 거라는 말 엄청나게 들을 텐데. 그거 안 들으려고 요즘 연기 학원도 다니고 있어요."

송인섭과 여진주, 두 사람 모두 영화와 드라마를 오가며 연기력을 입증받은 뛰어난 배우들이지만 메가폰을 잡은 감독이 문제였다.

"아, 그러고 보니 이번에 여진주 배우도 오려나요?"

"아무래도 사람들 이목이 있어서 찬이랑 같이 오지 않을 것 같긴 한데. 잘 모르겠네요."

"크…… 다음에 촬영장 한 번 놀러 가야겠네. 여진주 배우 VOV 데뷔할 때부터 팬이었거든요."

윤가람의 말에 안민영은 그의 옆구리를 쿡쿡 찌르며 말했다.

"놀러 간다고?"

"……아뇨 선배. 공적인 업무를 하러 가야죠."

"참 그러겠다."

몇 년이나 함께해 온 두 사람의 스스럼없는 모습에 웃음이 터졌고 그때. 라운지의 문이 열리며 두 사람이 들어왔다.

선글라스와 패딩, 마스크와 모자까지. 겉으로 봐서는 도무지 정체를 알 수 없는 두 사람 중 강찬이 선글라스와 모자를 벗으며 인사했다.

"다들 모여 계셨네요."

"⋯⋯간첩이야?"

"기자분들이 너무 많아서요."

"저분은?"

안민영의 물음에 그의 옆에 선 이도 얼굴을 가린 것을 벗으며 인사했다.

"안녕하세요. 여진주입니다."

여진주의 인사와 동시에 사람들의 입에서 '와~' 하는 소리가 흘러나왔다.

장시간 비행을 해야 하기에 화장기조차 없는 민낯이었지만 그조차도 탄성을 자아낼 정도였기 때문.

"오랜만에 만나네요. 안민영이에요."

"ATM 헤드 PD 윤가람입니다."

대부분 안면이 있는 이들이었기에 반갑게 인사했고 여진주 또한 특유의 친화력으로 어색함 없이 인사를 마쳤다.

짧은 인사가 오간 뒤, 강찬과 여진주가 함께 자리에 앉았다.

어깨가 닿을 듯 가까이 앉은 두 사람을 유심히 바라보던 송인섭은 서대호에게 조용히 속삭였다.

"두 사람 수상하지 않아요?"

"쟤네 고등학교 때부터 수상했었어요."

"아, 진짜요?"

송인섭이 놀란 눈으로 두 사람을 바라볼 때, 안민영은 들고 있던 태블릿 PC를 강찬에게 건네며 말했다.

"한국 쪽 정리 끝났어. 해외 제작사들도 별 탈 없이 끝났고."

"촬영 계획표도 다 나왔나요?"

"응. 강 감독이 말했던 그대로 잘 뽑혔어. 목록별로 정리해 뒀으니까 확인하고. 현주 씨한테도 보내놨으니까 그대로 움직이면 될 거야."

"고생하셨습니다."

"뭘, 나야 연락받은 거 그대로 확인해 준 것뿐인데."

"그래도 휴가 중이셨잖아요."

안민영이 어깨를 으쓱이는 사이, 여진주는 눈을 동그랗게 뜨곤 강찬에게 물었다.

"현주 씨는 누구예요?"

"매니저로 계신 분이야."

"아아, 매니저분이 여자분이시구나."

두 사람의 대화를 본 안민영은 헛웃음을 흘렸다. 그녀는 두 사람 사이에 흐르는 미묘한 기류를 모를 사람이 아니었다.

여진주가 알게 모르게 고개를 끄덕이는 와중에도 강찬은 태블릿 PC에 빠져들어 자신이 쉬는 동안 있던 일을 확인했다.

"다들 아시겠지만, 미국 땅 밟는 순간부터 휴가는 끝입니다. 두 배우분은 곧바로 에이전시로 가서서 계약 마무리하시고, PD 두 분은 일정 그리고 외부 CP 건까지 확실히 끝마쳐주세요. 서 조감독은 나랑 같이 드라이리딩 준비하고요."

아직 비행기도 타지 않았는데 벌써 일 이야기를 하는 강찬의 모습에 서대호는 고개를 휘휘 저었다.

"전에는 그렇게 미국이 가고 싶었는데."

"이제는 싫은 모양이다?"

"그럴 리가. 또 어떤 미지가 날 기다리고 있을지 궁금해 돌아가실 노릇이다. 그래서 미카엘이 무슨 영화라고?"

그의 넉살에 웃음을 흘린 강찬은 고개를 저었다.

"영화 촬영 시작하면 알게 되겠지."

"아니, 조감독은 알아야 하는 거 아니냐?"

"곧 알게 될 거야."

타이밍 좋게 보딩이 시작되었고 강찬은 아쉬움을 흘리는 서대호를 뒤로한 채 짐을 챙겼다.

# 2장
# 미카엘(1)

　미국으로 돌아온 후, 주·조연 배우들과 스태프들은 휴가에서 복귀한 후 곧 있을 촬영을 위해 정비에 들어갔다.

　그리고 강찬은 곧바로 회사로 돌아와 다음 영화, '미카엘'의 제작에 박차를 가했다.

　모든 준비는 끝났고 이제 남은 것은 드라이리딩뿐이었다. 함께 '미카엘'을 만들어갈 배우 그리고 주요 제작진들이 모여 대본을 읽고 연기를 해보며 감각을 잡는 자리.

　드라이리딩은 나흘 뒤로 예정되어 있었다.

　'그 전에.'

　오늘로부터 일주일 후, 그러니까 드라이리딩 사흘 후.

　'미카엘'의 제작발표회가 잡혀 있는 상황이었다.

정확히 말하면 '어떤 식으로 영화가 진행될 것이며 이런 배우들, 그리고 이런 제작진들이 참여했다'라는 것을 언론에 알리는 행사.

보통 미리 촬영해둔 영화의 일부를 보여주어야 하지만 일정이 타이트한 관계로 아직 촬영해둔 분량이 없는 상황이었다.

게다가 강찬은 사전에 '어떠한 경우에도 선공개는 없다'라고 못을 박아 두었기에 영화의 장면이 아닌 다른 것으로 관객과 언론의 이목을 끌어야 했다.

그래서 준비한 것이 바로 파라의 아이디어.

"준비되셨나요?"

양복을 차려입은 강찬이 위치한 곳은 할리우드의 소규모 스튜디오였다.

초록색 크로마키로 도배된 방은 10평이 안 될 정도로 좁았으며 그 안에 있는 것이라곤 호화로운 의자 하나뿐이었다.

"준비됐습니다."

이번에 촬영하는 것은 아주 짧은, 15초짜리 광고였다. 내용도 간단하다.

의자에 앉은 강찬이 나와 몇 마디를 하는 것이 전부인 영상. 다른 감독이 시도했다면 미쳤다는 소리를 들었겠지만.

강찬은 평범한 커리어를 가진 감독이 아니었다.

"촬영팀도 올 스탠바이입니다."

"그럼 시작하죠."

설치된 카메라와 조명, 오디오를 눈으로 훑어 제대로 작동하는 것을 확인한 강찬은 의자로 걸어가 앉았다.

모든 카메라가 그를 비출 때.

"셋, 둘, 하나, 슛."

강찬의 사인과 함께 카메라에 붉은 등이 들어왔고 그의 연기가 시작되었다.

"반갑습니다. 전 세계에 계신 영화 팬 여러분. 영화감독 강찬입니다."

방금까지만 하더라도 평범한 20대 청년으로 보이던 강찬은 어느새 프로페셔널한 영화감독의 풍모를 내비치고 있었다.

"이번에 ATM과 제가 만들 영화의 제목은, 미카엘입니다."

관객들이 충분히 영화 제목을 곱씹을 수 있을 정도의 텀을 둔 강찬이 말을 이었다.

"평범한 청년 마이클이 미카엘이 되어가는 과정을 그린 영화죠. '미카엘'은 지금까지와 다르며 또 같을 겁니다."

의자에 기대고 있던 강찬은 몸을 앞으로 빼 자신의 허벅지에 기댔다.

"같은 것은 여러분께 미지를 선물할 것이라는 점. 그리고 다른 것은 나머지 모두입니다."

말은 마친 강찬은 의자에서 일어난 뒤 카메라를 향해 손을 벌렸다. 잠시 CG가 들어갈 틈을 준 강찬은 카메라와 눈을 맞추었다.

"저 또한 어떤 영화가 탄생할지 기대가 됩니다. 여러분 또한 저와 같을 것이라 믿으며 이만 마치겠습니다. 감사합니다."

이 영상만 봐서는 강찬의 신작 '미카엘'이 어떤 내용을 담고 있을지 단 하나도 유추할 수 없을 터. 강찬의 의도가 바로 그것이었다.

인사와 함께 고개를 숙인 강찬은 속으로 다섯으로 다섯을 센 뒤 말했다.

"컷."

컷 사인을 보내 촬영을 끝낸 강찬은 필드 모니터로 걸어가며 촬영 감독에게 물었다.

"어땠습니까?"

"완성도 높았습니다. 감독님 연기는 볼 때마다 느는 것 같을 정도예요. 따로 연습이라도 하시나요?"

"스크립트나 스토리보드 그릴 때 직접 연기를 해보면서 합니다. 그게 도움이 될지도 모르겠네요."

"저도 그러는데 왜 저는 연기가 안 느는지 모르겠네요. 그건 그렇고 추가 촬영도 필요 없을 것 같고…… 이대로 광고 내보내도 되겠는데요?"

"다행이네요. 한 번 보죠."

"네."

필드모니터로 촬영 장면을 확인한 강찬은 만족스러운 미소를 지었다. 촬영감독의 말대로 이대로 광고로 내보내도 될 정도로 완성도 있는 영상.

하지만 한 번은 더 촬영해 보고 판단하는 게 나을 것 같다는 생각에 강찬이 말했다.

"한 번만 더 갈까요?"

"감독님이 원하시면 그렇게 해야죠."

"예, 그럼 한 번만 더 부탁드리겠습니다."

"넵."

이번 촬영은 순전히 파라의 아이디어였다. 얼마 전, 파라와 새로운 광고 콘셉트에 관해 이야기하다 나온 것인데 꽤 그럴듯했기에 바로 채택한 것.

영화에서 가장 중요한 부분을 차지한다고 볼 수 있는 '배우'를 강조하는 것이 아닌 감독 그 자체를 강조하는 방식의 광고.

그 누구도 시도한 적 없지만 그렇기에 시도해 보고 싶은 광고였다.

만약 이번 광고의 반응이 좋다면, 나아가 폭발적인 반응을 끌어낼 수 있다면. 앞으로 강찬이 어떤 영화를 찍든 간에 흥행할 것이라는 방증이 될 터.

'증명이나 다름없다.'

그의 이름이 갖는 네임밸류를 증명할 기회나 다름없었다. 그렇기에 강찬은 몇 마디 말에도 혼신의 힘을 다해 연기했고 본심을 드러내기 위해 노력했다.

"고생하셨습니다."

그렇게 총 세 번의 촬영을 한 강찬은 베스트 샷을 선정한 뒤 파라에게 전송했다.

-B가 베스트 샷입니다. A, C도 첨부하니 보시고 연락 주십시오.

메일을 보낸 강찬은 촬영감독을 바라보며 말했다.

"4시간 정도 걸릴 줄 알았는데 1시간 좀 더 걸렸네요."

"강 감독님 덕입니다. 오랜만에 빨리 퇴근하겠네요. 매일 오늘 같으면 좋을 텐데 말입니다."

"크랭크인 들어가도 지금처럼 빨리 끝낼 수 있으면 좋겠습니다."

"……그래야죠."

광고 촬영을 맡고 있는 촬영감독 또한 ATM 소속. 완벽을 추구하는 강찬의 작업방식을 알고 있었기에 진심을 담아 고개를 끄덕였다.

광고 촬영 나흘 뒤, 드라이리딩 당일.

LA 외곽, ATM Shooting Complex.

ATM 촬영 단지라는 간판 아래 도착한 차에서 두 남녀가 내렸다.

"와…… 여기 뭐야?"

"그러게요. 촬영 단지가 이렇게 큰가?"

두 남녀, 여진주와 송인섭은 어마어마한 규모의 ATM 촬영 단지를 보며 감탄을 금치 못했다.

그들이 연신 감탄사를 뱉는 사이.

입구에 서 있던 보안요원 한 명이 다가와 그들에게 물었다.

"어쩐 일로 오셨나요?"

"아, 영화 '미카엘'에 출연할 배우 송인섭입니다."

"전 여진주예요."

"반갑습니다. 출입증 가지고 계신가요?"

"예."

두 사람은 미리 받은 출입증을 보여주었고 바코드를 찍은 뒤에야 ATM 촬영 단지 내로 들어설 수 있었다.

"이쪽으로 오시죠."

보안요원의 안내에 따라 걷던 송인섭은 혀를 내둘렀다.

"보안이 삼엄하네."

"무슨 연구실 같아요."

"외계인 가둬두고 불법 실험하는?"

"딱 그런 느낌."

촬영 단지 내부에서는 꽤 많은 인부가 돌아다니며 세트를 만드는 작업을 하고 있었는데 그들 모두 출입증을 메고 다니고 있었다.

신기해하는 사이, 두 사람은 목적지에 도착했다.

"5층 대회의실로 가시면 됩니다."

안내인지 감시인지 모를 동행을 함께 하던 보안요원은 제 할 말을 마치곤 입구로 돌아갔고 남은 두 사람은 서로를 바라보았다.

"여기 올라가면 할리우드 스타들이 앉아 있는 건가."

"누가 있을까요?"

"메간 폭스 있었으면 좋겠다."

"남자들이란…… 얼른 들어가요."

"메간 폭스가 어때서?"

로비에서 출입증을 한 번 더 보여준 뒤 엘리베이터에 오른 두 사람은 자연스레 말수가 적어졌다.

한국에서야 잘 나가는 배우고 아이돌이지만 미국, 할리우드 땅에서는 무명 배우일 뿐이기 때문.

게다가 강찬과 같은 나라의 사람, 그리고 그와 친분이 있다는 사실이 묘하게 불편하게 느껴질 수밖에 없었다.

곧 두 사람이 대회의실에 도착했을 때, 그들은 먼저 온 사람이 없다는 것에 안도의 한숨을 내쉬었다.

"아무도 없네요."

"우리가 너무 일찍 왔나?"

시계를 보니 드라이리딩 시작까지는 근 1시간이 남은 상황. 늦지 않기 위해 빠릿하게 움직인 결과였다.

"그래도 지각보단 낫죠. 어?"

"왜?"

"자리마다 이름표가 있어요. 지정석인가 봐요."

"그래? 우리건 어디에 있지."

두 사람은 흩어져서 자신들의 자리를 찾기 시작했고 곧 '송인섭'과 '여진주'가 쓰여 있는 자리를 발견했다.

들고 온 짐을 좌석에 내려 둔 송인섭은 좌석의 이름을 훑었다.

"마크 스트롱, 할리 베리, 마이클 케인, 그리고…… 서기? 세상에."

장난삼아 말했던 메간 폭스는 상대도 되지 않을 배우들의 이름이 지천에 널려 있었다.

송인섭은 믿을 수 없다는 듯 눈을 껌뻑이다 여진주를 불렀다.

"진주야, 이거 봐봐."

"보고 있어요."

그녀 또한 다른 배우들의 이름을 보며 놀라움을 감추지 못하고 있었다.

누가 먼저랄 것도 없이 서로의 눈을 바라보던 두 사람은 마른 침을 삼켰다.

"우리가 여기 껴도 되는 걸까요."

"그러게. 갑자기 무서워지는데."

따뜻한 히터 바람 속, 목 뒤에 돋은 소름을 문지른 송인섭은 고개를 휘휘 저었다.

"아니지. 우리가 뭐가 부족할 게 있나."

"많지 않을까요."

"처음부터 그렇게 생각하면 안 되지. 찬이가 얼마나 계산적인 사람이야. 우리를 이런 대배우들 사이에서 연기하게 만들었다는 건 우리가 그만한 자격이 있으니까 캐스팅한 거 아니겠어?"

"그렇겠죠?"

"그럼."

두 사람이 각오를 다지며 자리에 앉고 얼마나 지났을까.

깊은 눈이 인상적인 백인 사내 한 명이 눈을 열고 들어왔다. 처음 보는 얼굴에 멍하니 눈을 마주치고 있을 때, 백인 사내가 먼저 고개를 숙여왔다.

"반갑습니다. 헨리 카빌이라고 합니다."

헨리 카빌.

앞으로 1년 뒤, 2013년. '맨 오브 스틸'에 슈퍼맨 역할로 출연하며 전 세계적으로 유명해지게 되는 배우이다.

2001년 영화 '라구나'로 데뷔했으나 개성 있는 마스크와 연기력은 돋보이지 못했다.

그렇기에 '맨 오브 스틸'로 유명해지기 전까지는 주로 TV 드라마에서 활동했으며 2007년부터 2010년까지 방영한 미국의 TV 드라마 '튜더스'로 조명을 받기 시작한다.

큰 덩치와 흑발, 거기에 벽안까지 지닌 헨리 카빌은 이후 뛰어난 연기력과 영국 신사라는 단어를 그대로 표현한 듯한 마스크 덕에 여러 작품에 주인공으로 캐스팅된다.

하지만 작품 운이 없는 것인지 '작품은 망했지만, 헨리 카빌은 빛났다'라는 평을 받으며 하는 영화마다 망하는 배우이기도 하다.

"안녕하세요. 여진주예요."

여진주는 자연스럽게 영어로 인사했고 송인섭 또한 영어로 자신을 소개했다.

"한국에서 온 배우 송인섭입니다. 반갑습니다."

악수를 마친 여진주는 씩 미소를 지으며 말했다.

"튜더스 잘 봤어요. 팬이에요!"

"아, 감사합니다."

헨리 카빌은 자신을 알아봐 주는 것에 대한 감사함, 하지만 자신은 두 사람을 모른다는 것에 대한 미안함. 두 가지 감정이 섞인 모호한 표정으로 미소를 지었다.

그 어색한 분위기 속, 송인섭이 말했다.

"자리 보시면 이름표가 있습니다. 헨리 카빌 씨의 자리는……
저희 옆자리네요."

"우연이 겹치네요."

의자에 코트를 걸친 그는 좌석을 한 바퀴 돌아보며 테이블에 놓인 이름표를 확인했다. 그러곤 자신의 자리로 돌아와 앉으며 말했다.

"캐스팅도 극비로 진행하더니 배우진이 어마어마하네요. 그렇죠?"

"네. 저희도 놀랐어요."

"재미있는 영화가 될 것 같습니다. 영화는 몇 편 안 찍어봤습니다만. 이런 영화는 또 처음이네요."

헨리 카빌 또한 긴장되긴 매한가지인지 어깨를 한껏 움츠렸다가 펴며 긴장을 해소하고 있었다.

그런 모습에 묘한 동질감이 느껴진 여진주가 말했다.

"혹시 대본 받으셨나요?"

"아직입니다. 무슨 역으로 출연하는지도 모르고요. 강 감독님 신작에서 캐스팅 제의가 왔다기에 바로 수락했습니다. 두 분은요?"

"저희도 그래요."

"무슨 CIA 비밀 작전하는 기분이 듭니다."

대화를 나누며 긴장을 해소하는 사이, 캐스팅된 배우들이 하나둘씩 도착하기 시작했다.

하나하나가 할리우드를 대표한다 말할 수 있는 이들.

헨리 카빌이나 여진주, 송인섭 세 사람 모두 그런 배우들과는 인연이 없었고 꿔다놓은 보릿자루처럼 앉아 강찬은 언제 들어오는지 멀뚱거리고 있을 뿐이었다.

그렇다 보니 세 사람끼리 대화를 나눌 수밖에 없었고 짧은 시간 안에 많은 대화를 나눌 수 있었다.

"형제가 다섯이라고요?"

"예, 그중 두 명은 군인이고요."

형제가 군인이라는 사실에 자부심을 느끼는지, 헨리가 어깨를 쭉 폈다. 대회의실에 들어온 뒤 처음으로 펴보는 어깨였다.

190㎝는 되어 보이는 키에 떡 벌어진 어깨에 비해, 하는 행동은 막냇동생 같은 느낌에 여진주가 말했다.

"신기하네요. 형제 중 둘이 군인이라니."

"저도 배우가 아니었으면 군인을 하고 있었을 겁니다."

그렇게 세 사람이 친분을 쌓아가며 시간을 보내고 있을 때, 드디어 이 자리의 주인공.

강찬이 회의실의 문을 열고 들어왔다.

"반갑습니다, 배우 그리고 스태프 여러분. 이번 영화 '미카엘'의 메가폰을 잡게 된 감독, 강찬입니다."

강찬의 인사와 함께 대회의실을 가득 채운 사람들의 박수가 쏟아졌다. 메인 스태프들과 배우들 전부를 한 번씩 바라본 강찬은 박수가 잦아들길 기다렸다가 말을 이었다.

"여기 계신 여러분이 앞으로 영화, 'THE MICHAEL' 제작에 주축이 되실 분들입니다. 그럼 한 분씩 소개부터 하겠습니다."

강찬의 주도하에 메인 스태프들의 소개가 시작되었다.

"반갑습니다. 촬영감독 데런 닐케입니다. 연출작으로는 '남쪽으로 지는 해' 등을 연출한 적이 있습니다. 앞으로 잘 부탁드리겠습니다."

데런 닐케, 드라마 촬영감독으로 시작해 10년 이상 경력을 쌓다가 영화 쪽으로 전향한 촬영감독이다.

게다가 탄탄한 기본기야 물론이고 특유의 감각적인 영상미로 아카데미를 비롯한 수많은 시상식에서 촬영감독 상을 쓸어 담은 사람이기도 하다.

특이한 점으로는 닐케 아카데미라는 촬영감독 전문 양성학교를 운영하고 있으며 그를 통해 양질의 촬영 감독들을 양성하는 교육자이기도 했다.

"닐케 사단의 그 데런 닐케 맞죠?"

"맞아요. ATM이 닐케 사단 영입했다고 하더니 이번 작품부터 함께하나 봐요."

수군거리는 소리와 함께 다음 사람의 소개가 이어졌다.

"안토니 갤리웍스요. 이번 작품의 메인 PD를 맡게 되었으니 잘 해봅시다."

짧고 굵은 소개였지만 그것으로 충분했다. 할리우드에서 일하는 이들 중 그의 이름을 모르는 사람은 없었으니까.

데런과 안토니 외에도 이름만 말하면 알 수 있는 스태프들의 소개가 줄줄이 이어졌고 그럴수록 배우들의 얼굴에 걸린 미소가 짙어지고 있었다.

'이런 사람들과 함께라면.'

최고의 스태프들과 최고의 감독, 거기에 탄탄한 배우들까지. 어떤 영화를 만들든 간에 자신들의 커리어에서 빛을 내줄 작품이 탄생할 것을 예감한 것이다.

스태프들의 소개가 끝나고 이어서 배우들의 소개가 이어졌다.

배우들 또한 마찬가지.

스태프에 뒤지지 않을 정도로 화려한 커리어를 자랑했고 그 덕에 화기애애한 분위기가 이어졌다.

"그럼 소개가 끝났으니 잠깐의 휴식 후 드라이리딩을 시작하겠습니다."

강찬의 말에 대기하고 있던 직원이 들어와 배우와 스태프들에게 대본을 나누어주었다. 강찬은 대본을 받는 이들을 바라보며 말을 이었다.

"들어오시면서 느끼셨겠지만. 이번 영화 '미카엘'의 제작에서 가장 중요한 것은 보안입니다. 받으신 대본을 보시면 아시겠지만, 영화의 후반부에는 큰 반전이 숨겨져 있습니다."

반전이라는 말에 배우들의 눈빛이 빛나기 시작했다. 크랭크인이 코앞인데 대본은커녕 조그만 스크립트조차 받지 못했기 때문이다.

"그렇기에 몇 가지 양해를 부탁드릴 게 있습니다. 대본을 절대 유출하지 말아주십시오. 그것을 위해 대본은 이곳. 촬영장 내부에서만 소지하실 수 있으며 촬영장을 벗어나실 때는 다시 반납하셔야 합니다."

까다로운 조건이긴 지키지 못할 정도는 아니다. 모두가 긍정적인 반응을 보이는 것을 확인한 강찬이 말했다.

"여러분이 받으신 대본은 전부 조금씩 다릅니다. 연기하는 데 지장이 없을 정도로 지문이나 대사가 조금씩 수정되어 있습니다."

즉, 대본이 유출된다면 어떤 이의 대본이 유출된 것인지를 파악할 수 있다는 뜻이다.

생각지도 못한 상황에 배우들은 당황하는 이가 반, 그리고 흥미롭다는 듯 웃고 있는 이가 반이었다.

그 중 여진주는 웃고 있는 사람이었다.

'도대체 무슨 반전일까. 나도 알 수 있을까.'

어서 대본을 받고 읽어 보고 싶은 마음이 굴뚝같았지만, 아직 강찬의 말이 끝나지 않았기에 마른 침을 삼킬 수밖에 없었다.

"'미카엘'의 모든 촬영은 이곳, ATM 촬영 단지에서 이루어질 예정이며 원하시는 분들은 촬영 단지 내에서 숙식의 해결을 하실 수도 있습니다. 5성급 호텔까진 아니더라도 그에 버금가는 수준의 숙박시설을 마련해 두었으니 원하시는 분들은 언제든 말씀하시길 바랍니다."

그의 말을 들은 사람들은 '아-' 하는 탄성을 내며 고개를 끄덕였다.

영화를 촬영하는 데 있어 이런 거대한 촬영 단지가 왜 필요한 것인지 의문을 품고 있었는데 그게 드디어 해소되었기 때문.

"그럼 촬영이 끝날 때까지 이곳 숙소에 머물러도 되는 겁니까?"

"가능합니다. 영화 촬영에 참여하시는 제작진. 그러니까 배우와 스태프 여러분들은 언제든 체크인하실 수 있고 언제든 체크아웃하실 수 있습니다."

나쁘지 않은, 아니, 오히려 좋은 제안에 사람들은 짧은 손뼉을 쳤다. 하지만 안토니는 팔짱을 낀 채 강찬을 바라보며 미소를 짓고 있었다.

'죽도록 굴릴 생각이구먼.'

강찬이 막대한 자금을 들여 촬영 단지를 만든 이유가 무엇일까.

그는 자신에게 이득이 되지 않는 행동은 하지 않는다. 그렇다면 촬영 단지를 짓는 것이 일종의 투자라는 뜻이고 거기서 강찬이 가장 득을 볼 수 있는 부분을 생각해 보면.

'동선의 간소화군.'

영화 촬영에서 가장 많은 시간과 돈을 잡아먹는 것은 바로 '이동'이다.

원하는 장면을 위해 배우와 스태프들이 이동하고 그곳에서 허가를 받고 시간에 쫓기며 촬영하는 것이 당연한 지금.

강찬은 촬영 단지를 건설함으로써 그 모든 과정을 스킵하려는 것이었다.

그렇게 되면 영화 촬영에 가장 중요하다고 할 수 있는 시간과 돈. 두 가지 모두를 획기적으로 줄일 수 있을 것이다.

'게다가 촬영 단지는 일회용이 아니지.'

앞으로 강찬이 만드는 수많은 영화가 이곳에서 제작될 것이며 그로 인해 강찬이 얻는 이득은 촬영 단지를 짓는데 들어간 돈의 수 배, 아니, 수십 배에 달할 것이 분명했다.

게다가 배우들과 스태프 모두가 단지 내에 체류한다면 영화 촬영이 딜레이 될 가능성은 0%에 수렴할 터.

여러모로 이득 보는 장사가 될 것이다.

그런 강찬의 속내를 눈치챈 이는 안토니뿐인지, 다른 이들은 '지금껏 해본 영화 촬영 중 가장 편안한 촬영이 될 것 같다'라며 기대를 부풀리고 있었다.

"대본의 제일 첫 페이지를 보시면 각자의 스케줄표가 들어 있을 겁니다. 촬영 날짜와 시간, 장소까지 상세히 적혀 있으니 그대로 움직여주시면 감사하겠습니다. 궁금한 점이나 변경해야 할 사항이 있으시면 여기 계신 안토니 갤리웍스 메인 PD께 말씀하시면 됩니다."

모두의 시선이 자신에게 몰리자 안토니는 어울리지 않게 인자한 미소를 지으며 말했다.

"오랜만에 PD직을 맡았으니 열심히 하겠습니다. 낮이고 밤이고 언제든 문의 사항이 있다면 연락해 주십시오."

안토니의 말이 끝나자 강찬은 짧게 손뼉을 친 뒤 말했다.

"지금부터 2시간 동안 점심시간을 갖겠습니다. 식사 후에는 드라이리딩이 진행될 예정이니 식사 시간 동안 대본을 숙지해 주시면 감사하겠습니다. 그럼 수고하셨습니다."

말을 마친 강찬은 여진주를 바라보며 입 모양으로 말했다.

'식당에서 봐.'

여진주가 고개를 끄덕이자 강찬은 메인 스태프들과 함께 회의실을 벗어났고 배우들도 삼삼오오 모여 식당으로 향했다.

"우리도 밥 먹으러 가자."

"네."

송인섭이 자리에서 일어날 때, 여진주가 헨리 카빌을 바라보며 물었다.

"헨리도 같이 갈래요?"

"그래도 되겠습니까?"

"둘보다는 셋이 낫죠. 헨리가 어떤 배역인지 궁금하기도 하고. 그렇죠, 오빠?"

"당연하지. 같이 갑시다, 헨리."

"그럼 가시죠."

금새 친해진 세 사람은 대본에 관한 대화를 나누며 식당으로 향했다.

ATM 촬영 단지, 호텔에 위치한 식당.

여진주와 송인섭 그리고 헨리 카빌까지 세 사람은 식어가는 음식에는 눈길조차 주지 않은 채 대본에 열중하고 있었다.

강찬이 특별히 캐스팅한 셰프의 음식이 식어가는 사이. 여진주가 말했다.

"대본 좋다."

"벌써 다 봤어?"

"거의 다 보긴 했는데 아직이요."

"빠르네, 난 이제 절반 본 거 같은데."

대본에 집중하느라 몸이 찌뿌둥했는지 기지개를 켠 송인섭이 말을 이었다.

"헨리는 얼마나 봤습니까?"

"읽는 게 좀 느린 편이라. 좀 걸릴 것 같습니다."

"그럼 다 보고 말씀하세요. 그때 같이 이야기 나누죠."

"예, 감사합니다."

"천천히 보세요."

세 사람 중 가장 먼저 대본을 읽은 여진주는 짧은 숨을 내뱉었다.

"후."

강찬과 함께 '우리들'을 만들 때. 그의 글솜씨가 뛰어나다는 생각을 했었다. 하지만 이 정도는 아니었다.

분명 글을 읽고 있는데 모든 장면이 그녀의 머릿속에서 펼쳐졌고 캐릭터들은 각자의 생명을 얻어 머릿속을 노니고 다녔다.

여진주는 자신의 배역에 몰입해 그들과 함께 뛰놀았고 마지막 장을 덮고 나서도 여운이 남아 대본에서 쉬이 빠져나오지 못했다.

'어마어마하네.'

말 그대로 어마어마한 흡입력이었다. 대본으로 보았을 때 이 정도인데 이걸 영상으로 보면 어떻게 될까.

그야말로 압도적이라는 말이 어울릴 정도의 영상을 보게 될 거이다.

'이건 대작이야.'

그 외에는 어떤 말도 떠오르지 않았다. 한국에서의 천만 돌파는 당연하고 빌리언 달러 무비 또한 무조건 이름을 올릴 터.

다시 한번 긴 숨을 내쉰 여진주는 고개를 들어 주변을 둘러보았다.

'다들 집중하고 있어.'

둘 뿐만 아니라 식당에 있는 거의 모든 이들이 대본에 머리를 박은 채 집중하고 있었다.

이 많은 사람이 강찬이 만든 대본을 보고 집중하고 있다니.

사뭇 강찬이라는 사람이 가진 파급력을 지닌 여진주가 새삼 놀라고 있을 때, 송인섭이 말했다.

"다 봤다. 반전 좋네."

"그렇죠? 저도 마지막 장 넘기면서 소름 돋았어요."

"그래서 더 아쉽네. 내가 미카엘 역이었으면 훨씬 좋았을 텐데 말이야."

"저도요. 좀 더 비중 있는 역할로 캐스팅되었으면 하는 아쉬움이 생기더라고요. 열심히 하다 보면 언젠가 주연도 할 수 있겠죠?"

"그럼."

할리우드 진출을 강찬의 영화로 했다는 것만으로도 충분한 호사다. 게다가 작품에서의 비중 또한 적지 않은 분량.

이번 작품에서 존재감을 입증한다면 발판삼아 더 높은 자리로 올라갈 수 있을 것이었다.

"아 맞다. 우리 남매로 나오는 거 보셨죠?"

"응. 아쉽더라."

"뭐가요?"

"이렇게 같이 영화 찍을 기회가 앞으로 더 있을지 없을지 모르잖아."

"그건 그렇죠."

"그러니까 이런 기회에서라도 진주랑 썸 한번 타보고 싶었는데."

송인섭의 농담에 여진주는 손사래를 치며 답했다.

"우리 오빠가 각본 썼는데 그렇게 둘까요."

"워…… 이제는 우리 오빠야?"

"아, 실수."

전혀 실수 같지 않은 모습에 헛웃음을 흘린 송인섭은 고개를 저으며 말했다.

"이러는데 기사 한 줄 안 나는 게 신기하다니까."

"그건 그렇고. 할리우드 영화에서 한국인 남매라니. 브릿지라도 해야 하는 거 아닌가 싶어요."

"에이 설마, 감독이 찬인데. 그런 진부한 클리셰를 쓰려고."

"그렇겠죠?"

"대본 보니까 생각보다 비중도 있고 역할도 괜찮던데. 그런 식으로 비주얼을 낭비하지는 않을 거 같아. 찬이가 의미 없이 캐릭터 외모 가지고 장난치는 감독도 아니고."

작은 소품 하나하나에 의미를 부여하기로 유명한 강찬 성격을 아는 여진주였기에 고개를 끄덕였다.

두 사람이 한국어로 대화를 나누고 있을 때, 헨리 카빌이 대본을 내려놓으며 말했다.

"다 읽었습니다."

"헨리, 주인공이면서 왜 말 안 했어요."

"저도 몰랐습니다."

"축하드려요. 주인공이라니."

헨리 카빌은 자신이 주인공이라는 사실이 믿기지 않는 것인지 두 사람을 번갈아 보며 감사를 표했다.

"감사합니다."

강찬이 주인공으로 낙점한 이가 바로 헨리 카빌이었다.

워낙 극비로 캐스팅을 진행했고 드라이리딩이 진행되는 당일까지 '이러한 캐릭터를 연기할 것이다'라고만 언질을 주었지 배역까지는 말해주지 않았기에 영화에 촬영하는 모든 배우가 신의 배역에 대해 제대로 몰랐던 상황.

"정말 극비네. 주인공 배우가 드라이리딩 시작하고 나서야 자기가 주인공인 걸 안다니."

"그러니까요."

"저는 기껏해야 조연일 줄 알았는데…… 생각해 보니 드라이리딩에 초대된 것 자체가 비중 있는 배우라는 뜻이었습니다."

헨리 카빌의 말에 두 사람이 고개를 끄덕였다. 몇 컷 나오지 않는 조연이라면 드라이리딩에 참여할 필요가 없다. 즉, 오늘 드라이리딩에 참여하는 배우들은 전부 비중이 있는 이들이라는 뜻.

열 명이 넘는 배우들, 그것도 할리우드 간판스타들을 비중 있게, 그리고 이야기 흐름에 방해가 되지 않도록 배치하는 것은 어지간한 감독들이라도 힘든 일이다.

하지만 메가폰을 잡은 이가, 그리고 이 각본을 쓴 이가 강찬이기에 걱정은 되지 않았다. 외려 기대가 될 뿐.

"우리 셋이 같이 연기하는 장면도 있던데. 보셨어요?"

"예. 위트 넘치는 장면이더군요. 그 장면을 읽는 것만으로 촬영이 기대되는 장면이었습니다."

그렇게 세 사람이 대본에 관해 대화를 나누며 식사를 하고 있을 때, 조용하던 식당이 소란스러워졌다.

미어캣처럼 고개를 든 세 사람이 주변을 둘러볼 때 식당의 입구로 들어오는 강찬의 모습이 보였다.

세 사람의 테이블에 도착한 강찬은 곧바로 여진주와 눈을 맞추었다. 하지만 주변 시선을 의식해서인지 별다른 내색을 하지 않은 채 말했다.

"헨리도 같이 있었네요. 식사는 잘 하셨나요?"

그의 물음에 헨리 카빌이 환한 미소를 지으며 답했다.

"예, 아주 좋았습니다."

헨리는 강찬의 얼굴을 보고서야 자신이 주인공이라는 게 실감이 난 모양이었다.

아무리 봐도 막냇동생 같은 모습에 미소를 지은 송인섭이 말을 덧붙였다.

"대본 보느라 다 식은 거 먹었는데도 맛있더라. 언제 이렇게 준비한 거야?"

"이번 영화부터 진짜 내 영화잖아. 그래서 제대로 하고 싶었거든. 헨리랑은 어떻게 같이 왔어?"

"우리만 아는 사람이 없더라고. 그래서 이야기하다 보니까 친해져서. 그렇죠, 헨리?"

"예. 두 분이 안 계셨다면 구석에 박혀 홀로 밥을 먹었어야 할 겁니다."

웃으며 이야기하는 것을 보니 빈말은 아닌 모양이었다. 배우들이 친하게 지내면 자연스레 촬영장 분위기도 좋아질 터.

"잘됐네요. 다들 대본 보고 계셨나 본데, 형이 보긴 어땠어?"

"대본만 봐도 대박 냄새가 물씬 나더라."

송인섭이 엄지를 치켜세우며 말하자 여진주가 말을 보탰다.

"맞아요. 제가 본 지금까지 본 대본 중 최고였어요. 다른 분들도 그렇게 생각하실걸요?"

"제 생각도 그렇습니다. 이렇게 꼼꼼하고 완성도 높은 대본은 처음 봤습니다."

언제 들어도 기분 좋은 칭찬에 강찬이 미소를 지으며 답했다.

"우리 대배우들께서 그렇게 말씀하시니 안심이 됩니다."

"진짜 대배우들이 너무 많아서 걱정이다."

"너무 긴장하지는 말고."

"그게 말처럼 쉽나. 당장 내 앞에 할리 베리가 앉아 있는데 어떻게 긴장을 안 해."

그냥 선배인 배우도 아니고 할리우드의 간판스타배우들과 함께하려니 떨리는 것은 당연지사.

"이번 기회에 할리우드에서 발도 넓히고 좋지."

"그야 그렇다만."

"힘내십시오, 대배우님들."

강찬의 응원에도 세 배우의 얼굴에 서린 긴장감은 쉽게 사라질 기미가 보이지 않았다. 강찬은 굳이 노력해서 그들의 긴장을 풀어주려 하지 않았다.

세 사람 모두 베테랑까지는 아니더라도 잔뼈가 굵은 배우들, 긴장감에 짓눌려 제 모습을 보여주지 못할 이들이었다면 이 자리까지 오지도 못했을 것이다.

적당한 긴장감은 텐션을 높여주는 법. 강찬은 화제를 전환했다.

"아, 헨리. 부탁할 게 하나 있는데요."

"부탁이요?"

"네. 어려운 건 아닙니다. 나머지 분들도 같이 해주시면 좋고요."

무슨 부탁인지 궁금해하는 세 사람의 시선이 강찬에게로 집중되었고 그의 입이 열렸다.

2시간의 점심 후, 대회의실.

식사를 마친 제작진과 배우들이 다들 모이자 본격적인 드라이리딩이 시작되었다.

"그럼 시작하겠습니다."

강찬의 말과 함께 전문 나레이터가 목을 가다듬은 뒤 지문을 읽기 시작했고 배우들은 본인들의 배역에 녹아들었다.

"신 1. 지저분한 나무식탁 위, 인스턴트 음식들이 놓여 있다. 먹다 남은 감자튀김과 언제 마시던 건지 모를 콜라까지. 이제 막 잠에서 깬 듯한 모습의 마이클은 탁자에 앉은 채 먹다 남은 감자튀김을 한 움큼 집는다."

주인공, 마이클 역의 헨리 카빌은 나레이션을 들으며 머릿속으로 가상의 세트를 그렸다. 그리고 그의 차례가 왔을 때.

그는 마치 자신의 손에 감자튀김이 들린 것처럼 연기를 시작했다.

이게 강찬의 '부탁'이었다.

드라이리딩은 말 그대로 드라이하게 감정 없이 진행되는 경우가 많다.

특히 할리우드에서는 더욱. 하지만 강찬은 배우들의 진짜 연기를 보고 싶었고 그랬기에 헨리 카빌에게 말했다.

'조금 있다 진행될 드라이리딩에서 최선을 다해주십시오.'

'예. 안 그래도 최선을 다할 생각입니다.'

'진짜 촬영 현장인 것처럼. 카메라가 돌고 있는 것처럼. 리얼한 연기를 해주셨으면 합니다. 다른 두 분도 마찬가지고요.'

'예. 최대한 열심히 해 보이겠습니다.'

물론 모든 배우를 모아놓고 '진심으로 임해주시길 바랍니다.' 하고 말해도 될 일이다.

하지만 이름 모를 후배가 진심을 다해 연기하는 모습을 보여주는 것만큼의 임팩트는 없을 것이다.

"홀로 앉아 핸드폰을 보며 식어버린 감자튀김을 먹는 마이클, 그가 보고 있는 핸드폰이 클로즈업되며 육상 선수들에 대한 인터넷 기사가 보인다. 곧 한숨을 쉬며 핸드폰을 내려놓는 마이클"

영화 'THE MICHAEL'의 초반부는 주인공 캐릭터를 천천히 묘사하며 시작된다.

그가 아침에 눈을 떠 식사를 한 뒤 직장으로 출근. 그리고 퇴근하기까지의 과정을 짧은 컷으로 연달아 보여주며 그 사이에 사건들을 넣어 그의 성격과 살아온 환경, 그리고 그의 동네를 보여주는 것이다.

ATM 유니버스의 시작이자 강찬의 이름으로 진행하는 영화의 첫 시작이었기에 그만큼 공을 들인 장면이 이어졌고 곧 다른 배우들의 연기가 더해지기 시작했다.

'헨리 카빌이 스타트를 잘 끊어줬다.'

긴장한 게 역력히 보이긴 했지만 그랬기에 최선을 다해 연기한 헨리 카빌.

그 덕에 다음 장면을 드라이리딩하는 배우 또한 실제 촬영을 하듯 진지하게 연기에 임했다.

스타트가 이렇게 끊기자 드라이리딩이 아닌 실제 촬영장 같은 분위기가 이어졌고 대회의실 곳곳에 배치된 카메라들은 그들의 모습을 녹화했다.

'재미있겠어.'

과연, 이라는 자신도 모르게 입 밖으로 나올 정도로 배우들의 연기가 훌륭했다. 단순히 '잘한다'가 아니라 정말 배역에 녹아들어 있었다.

'그것도 2시간 만에.'

대본을 받은 지 2시간. 그 짧은 시간 동안 자신이 받은 배역을 이해하고 소화해내기는 절대 쉽지 않다.

하지만 여기 있는 모든 배우가 그것을 해내고 있었다. 강찬의 눈이 틀리지 않았다는 증거.

"헨리, 거기서는 조금 더 감정을 터트리는 식으로 화를 내주셨으면 합니다."

"감정을 터뜨린다라…… 더 열성적으로 화를 내라는 말씀이십니까?"

"예. 지금까지 절제해 왔던 모든 감정을 밖으로 드러내는 첫 장면입니다. 마치 삐, 삐 소리만 내던 시한폭탄이 터지듯. 균열이 가던 둑이 터지듯. 그런 식의 표현을 해주셨으면 좋겠습니다."

"시한폭탄이라…… 알겠습니다."

강찬은 자신의 생각을 말로 표현하는 것에 능숙한 이였다. 자신이 보고 싶은 감정이 있다면 그것을 묘사로 잘 풀어냈고 그 덕에 배우들은 빠르게 이해하며 강찬의 코칭대로 연기의 방향을 고쳐나갔다.

"오케이, 좋습니다."

배우들이 진지해지자 강찬 또한 어느새 그 분위기의 물살을 타고 있었다.

어느새 현장에서처럼 오케이 사인을 외치고 연기를 교정해나가고 있는 것.

그런 강찬과 배우들의 모습을 보며 안토니는 보일 듯 말 듯한 미소를 지었다.

'이런 현장이 있었던가.'

하나의 오케스트라와 같았다.

강찬이라는 지휘자가 쓴 악보 아래 배우들은 스스로 악기, 그리고 악사가 되어 조율되고 있었다.

그리고 그들이 만들어내는 선율은 온몸이 저릿할 정도의

소름을 자아냈다.

모두가 극도의 집중력을 발휘하며 몰입하고 있었고 그곳에 불협화음이란 존재하지 않았다.

'완벽한 합주야.'

안토니는 지금까지 강찬의 촬영 현장에 찾아가지 않은 것을 진심으로 후회했다.

지금껏 다크 유니버스 6부작을 제작하고 흥행시키는 것을 보며 '대단하다'라는 생각을 하긴 했다.

하지만 지금까지 그가 보여준 것은 오늘 본 현장 장악력에 비하자면 한 푼도 되지 않았다.

'촬영이 기다려지긴 오랜만이군.'

언젠가부터 비평가의 눈, 제작자의 눈, 그리고 CP(Chief Producer)로만 영화를 보아왔었다. 그랬기에 이토록 심장이 거세게 뛰어본 것이 언제인지 기억조차 나지 않았다.

그리고 이 자리에서 심장 박동이 빨라진 이는 안토니뿐만이 아니었다. 현장에 참가하고 있는 모든 이들 또한 안토니와 같은 생각을 하고 있었다.

'이 영화, 무조건 터진다.'

연기를 하고 있는 배우들의 머릿속에는 벌써 각종 영화제의 트로피가 아른거렸고 제작진들이라고 다른 것은 없었다.

강찬 또한 마찬가지.

칸과 베니스, 아카데미에서 자신을 부르지 않을까 하는 달콤한 상상이 자꾸만 머릿속 한구석을 차지하려는 것을 억지로 밀어내며 드라이리딩에 집중하고 있었다.

드라이리딩을 성공적으로 끝내고 사흘 후,

제작발표회 현장으로 향하는 차 안, 강찬은 따스한 히터 바람을 즐기며 인터넷 서핑을 하고 있었다.

운전을 하던 백현주는 룸미러를 보며 말을 꺼냈다.

"어제 드라이리딩 엄청났다면서요. 비디오 녹화하셨던데 볼 수 있을까요?"

"당연하죠. 그때 현장 스태프들한테 말하면 언제든 줄 겁니다. 아, 물론 관람은 ATM 촬영 단지 안에서만 가능한 거 아시죠?"

"그럼요."

벌써 소문이 퍼진 것인지, 아니면 누군가 의도적으로 소문을 낸 것인지. 어제 있던 드라이리딩에 대한 인터넷 기사까지 올라와 있었다.

**-역대급 드라이리딩! 도대체 무슨 일이 있었기에?**

**-드디어 공개된 'THE MICHAEL'의 캐스팅 명단! 호화로움의 끝**

을 달리다.

-마이클 키튼 '이런 영화에 참여한다는 것에 감사할 따름.' 그 말의
의미는?


배우들의 SNS까지 금지하진 않았기에 그들은 자신들이 느
낀 것을 그대로 SNS에 올렸고 수많은 사람이 궁금해하기 시
작했다.

도대체 어떤 영화기에 드라이리딩부터 배우들이 난리인 걸까.

거기에 강찬의 광고까지 더해지자 궁금증은 폭발하기 직전
이었지만 아직 영화의 촬영도 시작되지 않았기에 볼 수 있는
것이 없었다.

강찬이 궁금해 죽으려 하는 네티즌들을 보며 미소를 짓고
있을 때, 백현주가 말을 걸어왔다.

"이번에 찍으신 TV랑 인터넷에서 틀기 시작한 거 들으셨나요?"

"생각보다 일찍 걸렸네요."

"파라 씨가 빠르게 처리하신 것 같아요."

"매체들 반응은 어떻습니까?"

"파격적이라는 말은 어디서나 나오고 있고 호불호가 갈리고
있어요. 이게 어떻게 영화의 예고 영상이 될 수 있느냐는 부류
의 불호, 그리고 강찬 감독만이 가능한 광고이기에 더욱 유니
크하다는 부류의 호죠."

반반이라. 조금 더 부정적인 반응이 클 것이라 예상했는데 의외였다.

물론 불호의 사람들도 영화가 개봉하고 티저가 공개되기 시작하면 곧 호로 넘어올 것은 자신할 수 있었다.

그때까지 불호인 이들이라면 강찬이 무슨 짓을 해도 싫어할 터. 굳이 신경 쓸 필요가 없었다.

"현주 씨가 보시기엔 어떻습니까?"

"영화 장면도 아니고 그렇다고 배우도 나오는 것도 아닌 영화 예고편은 처음 봐서 그런가. 아니면 감독님이 나와서 그런가. 신선하던데요. 특히 그 뭐라고 해야 할까요. 아우라? 같은 게 엄청나더라고요. 화면 밖까지 자신감이 뿜어져 나오는 느낌이었어요."

광고의 목적이 바로 그것이었다. 강찬의 이름이 가진 가치를 입증하는 것.

백중혁의 손에 자라며 보는 눈을 높인 그녀가 보기에도 괜찮았다면 전문가들에게도 충분히 먹힐 터.

"다행이군요."

"그런데 두 번은 못 쓸, 전략적인 광고인 것 같아요."

"맞습니다. 한 번 사용할 때 최고의 효과를 가져올 수 있는 광고죠. 그래서 이번에 사용한 거고요."

"다음 티저랑 광고는 어떻게 뽑힐지 기대되네요. 아, 설마 이런 기대감도 예상하신 건가요?"

"없진 않죠."

"역시."

룸미러를 통해 강찬과 눈을 맞춘 백현주는 아, 하는 소리와 함께 무언가 생각난 듯 말했다.

"오늘 SNS 관리하는 날인 것, 아시죠?"

"아, 잊고 있었습니다. 시간 날 때 해야겠네요."

팬들에게 오는 선물과 편지를 다 받으며 손수 답장도 보내고 싶었지만, 그 수가 워낙 많아 다 확인하기도 벅찼다.

그랬기에 강찬은 SNS에 잘 받았다는 글을 남기며 팬들과 소통하는 것을 선택했고 오늘이 일주일에 한 번씩 관리하는 날이었다.

……항상 감사드립니다.

감사의 인사를 남긴 강찬이 SNS를 끄려 했을 때, 하나의 메시지가 눈에 띄었다.

-안녕하세요. 암 투병을 하고 있는 두 아이를 둔 아이의 어머니입니다.

평소라면 그냥 넘어갔을 내용이었지만 어쩐지 송인섭의 동생, 송인아가 떠올랐고 강찬의 손가락은 메시지를 클릭했다.

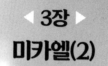

◀ **3장** ▶
# 미카엘(2)

제작발표회장.

단상에 오르기 전, 회장에 모인 기자들을 한 번 슥 둘러본 강찬은 들고 있던 대본을 반으로 접었다.

원래 이번 제작발표회에서 하려던 이야기는 지금껏 그래온 것과 같았다. 자신감의 표현, 그리고 기대해 달라는 말.

대중과 언론은 불판과 같다. 계속해서 달궈주지 않으면 차게 식어버리고 차게 식어버린 불판을 다시 달구기 위해서는 더 많은 화력이 필요하다.

그렇기에 계속해서 장작을 넣어주는 줄 필요가 있었다. 이번 제작발표회도 장작이었다.

언론과 대중이 식기 전에 다시 달구기 위한 장작.

한데 회장에 들어가기 전, 받은 메시지 하나가 강찬의 머릿속을 흔들어놓았다.

그렇기에 강찬은 원래 보여주려던 것, 즉 대본을 내려놓은 뒤 단상에 올랐다.

"반갑습니다. 영화감독 강찬입니다."

그의 인사에 기자들의 불타는 시선이 강찬에게 집중되었다. 어떻게 눈이라도 한 번 마주쳐야 한 번이라도 질문할 기회를 잡을 수 있기 때문.

단상에 오른 강찬은 들고 있던 대본을 손에 들며 제작발표회를 시작했다.

"이번 제작발표회는 질의응답 형식으로 진행할 예정입니다. 그리고 제작발표회 이후 깜짝 발표가 있을 예정입니다. 깜짝 발표에 대한 질문은 삼가해 주시길 바랍니다. 그럼 제작발표회 시작하겠습니다."

말을 마친 강찬은 마이크를 쥐었고 그의 등 뒤 스크린에 이번 신작, 'THE MICHAEL'의 로고가 떠올랐다.

로고는 검은색 화면에 흰 글자, 마치 붓으로 휘갈긴 듯한 힘 있는 필체로 쓰여 있었다.

"'더 미카엘'은 마이클이라는 소년의 성장기를 그린 영화이며 앞으로 그려나갈 ATM 유니버스의 시작이 될 작품입니다."

기자들은 강찬의 뒷말을 기다렸지만 그들의 기대와는 다르게 뒷말이 이어지지 않았다. 기자들이 당황하고 있을 때, 그가 말했다.

"영화 소개는 여기까지입니다. 그럼 질문받겠습니다."

당황도 잠시. 장마철 죽순 자라듯 기자들의 손이 하늘로 솟구쳤다. 강찬은 그중 제일 빨리 손을 든 기자를 가리켰다.

"종교적 색채가 가미된 영화입니까?"

"영화 내용에 대해 자세히 말씀드릴 순 없지만, 종교적인 것을 다루는 장면은 없습니다. 제목이 제목인 만큼 오해의 소지도 발생하지 않도록 노력하여 촬영할 예정입니다."

"ATM 유니버스는 어떤 겁니까?"

"제가 앞으로 만드는 영화는 하나의 세계관으로 묶여 있을 겁니다. 보통의 히어로 무비, 그리고 히어로들의 세상에서 살아가는 일반인들의 이야기. 모든 것을 다룰 생각입니다."

ATM 유니버스는 말 그대로 ALL TIME MANAGEMENT에서 제작하는 모든 영화가 공유하는 하나의 세계관이었다.

"마블이나 DC가 그러하듯 요즘 대세를 따라 히어로 무비를 제작하시는 건가요? 그렇다면 지금까지 제작해 온 '다크 유니버스'와 같은 영화들을 제작하시는 건가요?"

"여기 계신 모든 분께서 아시겠지만, 영화에는 장르라는 게 있습니다. 판타지, SF, 공포, 로맨스 등등. 수도 없이 많습니다. 한데 이걸 분류하는 게 의미가 있다고 생각하십니까?"

강찬의 역질문에 기자의 얼굴에 흥미가 서렸다.

"그럼 강찬 감독님은 의미가 없다고 생각하시는 건가요?"

"그렇습니다. 물론 관객들의 선택을 돕기 위해 어느 정도 범주는 있어야 한다고 생각합니다만, 그건 영화 소개하는 한 줄 정도로도 충분하다고 생각합니다. 보통 영화를 보기 전에 영화 소개 한 줄 정도는 읽고 가시지 않습니까?"

"그렇죠."

"만약 우주를 배경으로 한 장르에서 귀신과 괴물이 나오고 그들의 위협 사이에서 주인공들이 첩보 액션을 하는 와중에 연애한다면 어떻게 불러야 합니까? SF 호러 스릴러 첩보 공포 로맨스물?"

그의 농담에 장내에 웃음기가 돌았다.

"그렇게 부르진 않습니까. 서론이 길었는데, 제가 말하고 싶은 것은 '저의 영화다'라는 겁니다. 제가 만든 영화가 전부 같은 영화는 아니지 않습니까? 이번에도 마찬가지입니다. 이전 작들과는 다른 재미를 드릴 것이며 지금까지 해온 이야기와는 다른 이야기로 여러분께 다가갈 예정입니다."

강찬의 답변에 기자는 만족스러운 얼굴로 고개를 끄덕였다. 강찬 또한 자신의 답변이 괜찮다고 생각했는지 웃는 얼굴로 다음 기자를 지목했다.

"비밀리에 진행된 캐스팅이 드디어 공개되었는데요. 캐스팅까지 극비로 진행하신 이유가 따로 있나요?"

"사전에 정보가 유출되는 것을 막기 위해서였습니다. 캐스팅 목록이 새어나간다면 그 외의 정보들도 새어나갈 수 있으니까요. 간단히 말해 예행연습이었다고 보시면 됩니다."

만약 캐스팅 목록이 새어나갔다면 강찬은 내부 인사를 싹 갈아엎었을 것이었다.

반전이 중요한 영화인만큼 비밀을 유지하는 게 최우선 사항이었으니까.

하지만 모두가 비밀을 지켜주었고 캐스팅은 순조로이 진행되었다.

"그럼 개봉 전까지는 영화에 대한 정보를 공개하지 않으실 생각이신가요?"

"메이킹 필름과 비하인드컷, 그리고 티저 영상은 조금씩 공개될 예정입니다. ATM 홈페이지를 보시면 자세한 일정이 고지되어 있습니다."

기자들은 캐스팅부터 영화 제작 단계, 그리고 ATM 촬영 단지까지. 강찬에 대한 모든 것을 알아낼 기세로 질문을 이어갔다.

대답할 수 있는 질문에는 대답을, 아닌 질문에는 거절해가며 질의응답을 이어가길 2시간여.

"그럼 제작발표회는 여기까지 하도록 하겠습니다."

긴 박수 소리와 함께 제작발표회가 마무리되었으나 자리

를 뜨는 이는 없었다. 강찬이 말한 '깜짝 발표'가 아직 남아 있었기 때문.

그런 기대에 부응하듯 강찬은 물을 한 모금 마신 뒤 화두를 던졌다.

"깜짝 발표는 하나의 이야기로 시작됩니다. 제작발표회와는 조금 거리가 있는 이야기죠."

'이야기'라는 단어에 기자들의 귀가 쫑긋 움직였다. 이야기라는 게 과연 무엇일까.

"제가 영화를 만드는 이유는 즐거움 때문입니다. 머릿속으로 상상만 했던 것들을 눈앞에 펼쳐낼 수 있다는 것이 즐겁고 그것들을 관객 여러분께 보여드릴 수 있다는 것 또한 즐겁죠."

지금까지 공식 석상에서 여러 번 했던 이야기기에 기자들의 고개가 끄덕여졌다.

"제 영화가 끼칠 영향에 대해서는 크게 생각해 본 적이 없었습니다. 제가 그렇게 대단한 사람도 아니거니와 누군가의 인생에 영향을 줄 수 있을 것이라고는 생각하지 못했기 때문입니다."

장내를 둘러본 강찬이 말을 이었다.

"그런데 오늘, 하나의 메시지 받았습니다. 에디스와 거스, 두 아이의 어머니에게서 온 메시지였죠. 형제는 둘 다 소아암을 앓고 있는데 가정에 여유가 없어 제대로 된 치료를 받지 못하고 있었습니다. 게다가 항암치료 덕에 매일 고통스러워하고 있었죠. 그러다 제 영화를 접하게 되었답니다. 그리고 놀랍게도, 두 소년은 제 영화를 보며 항암치료를 이겨낼 용기를 얻을 수 있었다고 합니다."

흔한 이야기다. 이런 소재로 제작된 영화도 수백 편을 될 것이고 실제 케이스도 찾아보면 몇 건은 있을 터.

그랬기에 궁금해졌다. 이 젊은 감독이 무슨 이야기를 하려는 것일까.

"그리고 꿈이 생겼다고 합니다. 에디스는 영화감독을, 거스는 배우가 되고 싶어 했답니다. 물론 이런 이야기를 들으러 여기까지 오신 분들이 아니라는 것을 알고 있습니다."

기자들이 원하는 것은 대중을 자극할 수 있는 무언가다. 혹은 돈 냄새를 풍기는 무언가라던가.

"하지만 들어주십시오. 저는 에디스와 거스의 이야기를 들으며 제 어릴 적이 떠올랐습니다. 크리스마스 때, 산타가 오길 기다리며 편지를 썼었습니다. 제가 보며 자라온 애니메이션의 다음 편을 보고 싶다는 것이었죠."

지금 생각해 보면 작은 꿈이었다.

장난감 로봇을 갖고 싶은 것과 다르지 않은. 하지만 산타, 강찬의 아버지는 애니메이션 전편을 구매해 주었고 그 덕에 강찬은 지금의 자리에 오를 양분을 쌓아갈 수 있었다.

"에드스와 거스에게는 제 영화가 산타의 선물과 같았을 겁니다. 그리고 저는 지금껏 깨닫지 못하고 있던 것을 깨달았습니다. 저의 영화가 누군가에게는 재미 이상의 의미를 가질 수도 있으며 그들의 삶에 영향을 끼칠 수도 있다는 것을 말입니다."

강찬의 말이 이어질수록, 그가 가진 능력 '연설'의 영향이 짙어졌고 기자들은 그의 말에 빠져들었다.

"그 정도의 의미를 가질 수 있을까? 하는 생각도 잠시 들었습니다만. 세상이 저에게 거는 기대, 그리고 이곳에 모인 기자분들을 보고 확신하게 되었습니다. 누군가의 삶의 원동력이 되는 것을, 그들이 꿈꾸는 세상을 제가 만들고 있다는 사실을 이제야 인지했습니다."

말을 잇기 전, 강찬은 숨을 깊게 들이쉬며 호흡을 골랐다.

"결론은 진부합니다. 더 노력해야겠다는 것이죠. 이제 세상에 에디스와 거스는 없습니다. 어제 새벽, 세상을 떠났다고 합니다. 저는 그들을 위해 기도할 겁니다. 그리고 그들을 위해, 나아가 제 영화를 보는 분들께 그리고 의미를 찾는 여러분을 위해 더 노력할 겁니다."

강찬이 차에서 받은 메시지는 에디스와 거스의 어머니에게 온 것이었다. 두 아들은 떠났지만, 그들이 강찬의 영화를 보며 웃고 즐거워할 수 있어서 다행이라고. 그에 감사한다고.

내가 과연 감사를 받을 자격이 있을까?

그에 대한 질문은 강찬을 흔들어놓았고 내놓은 대답이 이것이었다.

"나아가 재단을 만들 겁니다. 제가 받아온 사랑과 성원을 보답할 수 있는 후원재단을 설립해 문화기부와 어린아이들, 그리고 영화감독을 꿈꾸는 이들을 지원할 겁니다."

결론이 내려진 순간, 카메라 플래시와 박수가 동시에 터졌다.

노블레스 오블리주.

부와 권력, 명성은 사회에 대한 책임과 함께해야 한다는 것은 모두가 알고 있다.

하지만 그것을 실천하는 이는 찾아보기 힘들다. 그것도 강찬같이 젊은이 중에서는.

그렇기에 기자들은 뜨겁게 반응했고 그들의 기사를 받아볼 이들 또한 기자들과 같은 열렬한 반응을 보일 것이다.

"깜짝 발표는 여기까지입니다. 들어주셔서 감사합니다. 그럼 'THE MICHAEL' 많이 기대해주십시오."

발표를 마친 강찬은 자리에서 일어나 인사를 한 뒤 무대를 내려왔다. 어두운 백스테이지를 지나 대기실로 가는 길, 그의 입에서 긴 숨이 흘러나왔다.

"후."

죽음이라는 단어는 항상 무겁다. 일면식이 있는 이의 죽음도 아닐 진데 그 무게는 똑같다.

심지어 꽃을 피워보지도 못한 채 어린 나이로 스러진 이들의 소식은 더욱 무거웠다.

강찬이 대기실에 도착하자 뒤이어 따라온 백현주가 물을 건넸다.

"고생하셨어요. 괜찮으세요?"

"예."

백현주는 무어라 말을 하려다 이내 입을 다물었다.

그저 영화 자체가 재미있기에 영화감독이 되려는 이, 세상에 알리고 싶은 것이 있어 영화를 만드는 이. 수없이 많은 이유로 수많은 이들이 영화감독이 되려 한다.

백현주는 전자였다.

그렇기에 강찬의 말이 더욱 깊이 있게 다가왔다. 나는 어떤 영화를 만들고 싶은 사람일까.

나아가 어떤 세계를 만들고 싶은 사람인가.

"저한텐 과한 고민이네요."

"저도 마찬가지입니다. 에디스와 거스가 아니었다면, 형제의 어머니가 보내준 메시지가 아니었다면 생각조차 하지 않고 넘어갔겠죠. 그러다 언젠가 세월이 지나서, 뒤늦게 후회를 했을지도 모릅니다."

고개를 끄덕인 백현주가 말했다.

"결국, 그건 거 같아요. 노력. 실수하고 모를 순 있어도 노력할 순 있으니까요."

"변명 같이 들리긴 합니다만. 할 수 있는 걸 하는 수밖에 없지 않겠습니까."

"그렇죠."

잠시 생각을 정리한 백현주는 시계를 보곤 자리에서 일어섰다.

"다음 스케줄 가실 시간이에요."

"예. 움직입시다."

할 수 있는 것이 없으니 할 수 있는 것을 하면 된다. 모순 그 자체인 말이지만 강찬이 내릴 수 있는 유일한 결론이었다.

ATM 촬영단지.

1월 초의 칼바람 속, 배우와 스태프들은 추위를 잊은 채 촬영을 준비하고 있었다.

그도 그럴 것이 오늘은 'THE MICHAEL'의 크랭크인. 첫 촬영이 있는 날이었기 때문.

"배우진 분장 끝났습니다."

"촬영 스태프 스탠바이요."

"세트 점검 오케이. 준비 완료입니다."

필드 모니터에 앉은 채 스탠바이 사인을 듣던 강찬은 모든 준비가 끝나자 무전기에 대고 말했다.

"배우, 그리고 스태프진 여러분. 전부 필드 모니터로 모여주시길 바랍니다."

강찬의 목소리에 100여 명의 사람이 필드 모니터가 놓인 테이블로 모였다.

모든 사람이 모인 것을 확인한 강찬은 무전기를 내려놓고 그들의 앞에 섰다.

"자, 이제 시작입니다."

한 문장이었지만 강찬의 말에는 모두를 집중시키는 힘이 있었다. 장갑을 낀 채 손을 비비던 이들의 시선까지 끌어모은 강찬이 말을 이었다.

"이번 작품은 제 이름으로 진행하는 첫 작품입니다. 그만큼 욕심을 부릴 것이고 현장에 계신 여러분께 많은 것을 요구할 생각입니다. 게다가 겨울 촬영이니 더 힘들겠죠."

야외 촬영에서 걸림돌이 되는 것 중 가장 큰 것이 날씨다. 더운 것은 어찌어찌 참는다지만 추위는 참을 수 있는 성질의 것이 아니기 때문.

그렇기에 강찬은 곧바로 말을 이었다.

"두 가지는 확실히 약속드리겠습니다. 하나는 페이입니다. 여러분 모두 자신의 일을 사랑하시고 열정을 다하는 것은 알고 있습니다. 그것도 중요하지만, 돈도 그만큼 중요하지 않습니까? 어느 현장에서도 받지 못할 최고의 대우를 약속드립니다. 페이가 밀리는 일은 절대 없을 것이고 촬영이 끝났을 때의 휴가와 보너스 지급 또한 어느 회사보다 두둑할 겁니다."

이미 계약서에 사인하고 계약이 끝난 관계다. 그렇기에 자신들이 업계의 관례보다 많은 페이를 받고 있다는 것을 알고 있는 스태프들이었지만 보너스라는 세 글자가 주는 울림은 또 달랐다.

"그리고 두 번째. 이 영화, 'THE MICHAEL'에 참가했다는 것, 그리고 여러분의 커리어에 'THE MICHAEL'이 있다는 것 하나만으로도 자랑이 될 수 있도록 만들어 드리겠습니다. 감히 마스터피스라 불릴 정도로. 완벽한 작품을 말이죠."

마스터피스. 걸작 혹은 명작.

말 그대로 최고의 작품을 만들어 보이겠다는 의지의 표현이었다. 여타 다른 감독이 말했다면 그저 포부 정도로 생각할 수 있다.

하지만 말한 이가 강찬이라면, 손을 대는 작품마다 월드 레코드를 깨부수며 신드롬을 일으키는 감독, 강찬이라면.

이야기가 달라진다.

"노력, 최선. 진부한 단어입니다. 하지만 그것들이 필요한 때이고 두 가지 모두를 다 할 것을 약속드립니다. 여러분도 약속해 주실 수 있으십니까?"

그의 물음에 침묵이 찾아왔다. 그리고 그 침묵을 제일 먼저 깬 것은 서대호였다.

"네!"

그의 우렁찬 외침을 시작으로 여기저기서 대답이 쏟아졌다. 각기 다른 목소리였지만 뜻은 같았다.

노력, 최선. 두 가지를 다하겠다는 일념이 담긴 목소리. 마치 개전(開戰)하는 병사들처럼 굳건한 외침이 촬영장에 울려 퍼졌다.

"감사합니다. 그럼 'THE MICHAEL' 크랭크인 하겠습니다."

말을 마친 강찬이 박수를 치자 모든 사람이 그를 따라 박수를 쳤다. 그들이 뿜어내는 열기는 추위마저 한 풀 꺾어버릴 것 같았다.

얼음장같이 차가운 무전기를 통해 강찬의 목소리가 흘러나왔다.

-컷!

한겨울 칼바람보다 시린 목소리에 촬영하던 배우와 스태프들이 모두 멈추었고 무전기를 들고 있는 서대호가 다시 한번 외쳤다.

"컷입니다!"

-대호야, 헨리 필드 모니터로 오라고 하고 20분 휴식.

"오케이, 20분 휴식입니다! 헨리 씨는 필드 모니터로."

"알겠습니다."

촬영진이 얼어버린 몸을 녹이려 불가로 향할 때, 헨리는 잔뜩 굳은 표정으로 강찬에게로 향했다.

필드 모니터.

영화감독이 촬영하는 장면을 곧바로 볼 수 있는 장소이다. 간이테이블 위에는 모니터와 음향장비, 그리고 무전기가 놓여 있었으며 헤드셋을 목에 걸친 강찬은 표정 없는 얼굴로 모니터를 바라보고 있었다.

그렇게 헨리가 강찬의 앞에 섰을 때. 표정 없는 얼굴의 강찬은 그를 바라보지도 않은 채로 말했다.

"모니터 보세요."

"예."

모니터에서는 헨리의 연기가 펼쳐지고 있었다. 아무런 말 없이 방금 헨리가 연기한 것을 한 번 보여준 강찬이 물었다.

"헨리, 지금 연기하는 신의 마이클은 어떤 캐릭터입니까?"

"행복하지 않고 무력하며 무능합니다. 좋아하는 육상을 하다 부상을 당한 뒤로 계속 그렇게 살아오고 있죠. 육상을 다시 하고 싶다는 열정이 가슴 속 깊은 곳에 남아 있지만, 티를 내진 않습니다. 아니, 자신이 외면하고 있죠."

강찬이 그린 '마이클'이라는 캐릭터가 헨리의 입을 통해 설명되었다. 머리로는 이해를 하고 있다는 뜻. 그렇다면.

"모니터 속, 마이클은 방금 헨리가 설명한 마이클과는 다르지 않습니까?"

"……다릅니다."

"왜 다를까요?"

그게 문제다.

헨리는 자신이 연기하고 있는 캐릭터를 완벽히 이해하고 있었다. 하지만 이해하는 것과 연기하는 것은 다른 차원의 문제.

강찬은 헨리의 머리 위에 피어 있는 발아의 식물을 바라보았다. 식물들은 마치 풀이 죽은 강아지처럼 힘을 잃고 축 늘어져 있었다.

'부담이 크겠지.'

신인 티를 벗고 이제 중견 배우에 들어설 때, 천재일우의 기회가 헨리 카빌의 앞에 놓였다.

이번 작품을 잘 해낸다면 그는 할리우드 스타의 반열에 당당히 이름을 올릴 수 있을 터.

하지만 그러지 못한다면?

전 세계가 주목하고 있는 강찬의 영화를 말아먹은 장본인이 되어 연기자 생활에 마침표를 찍게 될 수도 있었다.

"헨리."

"예."

"내가 왜 헨리를 주인공으로 캐스팅했는지 생각해 본 적 있습니까?"

"예."

"왜라고 생각합니까?"

"제가 저에게서 보지 못한 무언가를 감독님이 보셨다고 생각합니다."

"왜 그렇게 생각합니까?"

헨리는 문득, 마치 거대한 벽, 아니 산과 대화를 하는 느낌을 받았다.

자신보다 열댓 살은 어린 감독이었으나 대화를 나누어보면 연륜과 경험이 쌓일 대로 쌓인 감독과 이야기를 나누는 것 같았다.

"저는 제 스스로 괜찮은 배우라 생각합니다. 하지만 할리우드에 저만한 배우는 수도 없이 많습니다. 그들에 비해 제가 뛰어난 점을 찾자면 물론 있겠지만. 그들에게도 제가 갖지 못한 것들이 있을 겁니다."

"맞는 말입니다. 이렇게 질문만 하다간 쉬는 시간 20분이 그대로 날아갈 테니 단도직입적으로 말씀드리겠습니다. 괜찮습니까?"

"예. 편하게 말씀해주십시오."

"긴장을 풀라고 말해서 긴장이 풀린다면 좋겠습니다만. 그게 될 리가 없으니 다르게 말하겠습니다. 헨리가 말했듯 배우들은 모두 다른 사람들입니다. 한 조각의 퍼즐과 같죠. 그들은 각자 맞는 퍼즐들이 따로 있습니다. 그리고 헨리는 제 영화의 주인공이라는 자리에 맞는 퍼즐이었죠."

헨리는 강찬이 말한 '퍼즐'을 되뇌며 그의 말이 이어지길 기다렸다.

"나는 한 장면도 허투루 넘어갈 생각이 없습니다. 원하는 장면을 뽑기 위해서 50, 100, 500 테이크까지 갈 거라는 말입니다. 그리고 그에 대한 추가수당은 당연히 지급될 겁니다. 그러면 헨리는 뭘 해야겠습니까?"

잠시 고민하던 헨리는 강찬의 연설을 떠올렸다.

"노력…… 나아가 최선입니다."

"그렇죠. 완벽한 환경 아닙니까? 배우가 인생 최고의 연기를 할 때까지 기다려 주는 감독과 스태프들이 있는 겁니다. 장면마다 말이죠."

그만큼 부담이 되는 것은 당연하다. 기백의 사람들이 자신만을 바라보고 있는 것이니까.

하지만 배우라면 응당 이겨내야 할 짐이며 평생 가져가야 할 짐이다.

하지만 그 모든 것을 혼자 짊어질 필요는 없다. 영화 촬영이란 혼자 하는 것이 아니다.

모든 배우와 스태프들이 한 조각씩 맞춰 나가는 직소 퍼즐이기 때문.

"어려우면 도움을 청하세요. 당신의 주변에는 할리우드 최고의 배우들과 스태프가 있고 또 제가 있습니다. 궁금한 게 있으면 물어보고 힘든 것이 있으면 손을 내미세요. 홀로 모든 것에 대한 부담을 느낄 필요 없습니다. 그걸 바라는 것도 아니고요."

강찬은 주인공 배역을 찾기 위해 할리우드에 존재하는 배우들을 살폈다. 그리고 고르고 고른 것이 바로 헨리 카빌.

연기야 기본이고 감정의 묘사 또한 뛰어나다. 특히 그가 '튜더스'에서 보여준 캐릭터의 심경변화는 뛰어나다는 말을 아득히 넘어설 정도였다.

그 폼만 끌어낼 수 있다면 헨리는 'THE MICHAEL'의 주인공으로 녹아들 수 있을 터.

"어떤 말씀을 하시는지 알겠습니다."

"예."

"그럼 질문 하나 드려도 되겠습니까?"

"언제든지요."

방금까지 경직된 표정이었던 헨리의 표정은 그대로였다. 하지만 눈이 조금 달랐다. 마치 겁을 집어먹은 것 같았던 방금과는 달리 무언가를 생각하는 눈이 되어 있었다.

"마이클의 과거에서, 그가 육상을 하게 된 계기가 따로 있는 겁니까?"

"그건……."

두 사람이 연기에 관해 이야기를 나누고 있을 때, 두 사람을 지켜보는 눈, 그리고 카메라 한 대가 있었다.

강찬이 미리 말해두었던 '메이킹 필름'의 촬영을 맡은 촬영감독, 데릭 톨이었다.

그는 강찬이 미리 설치해둔 마이크를 통해 두 사람의 목소리를 들으며 대화를 촬영하고 있었다.

'이거 그림 좋은데.'

감독과 배우의 대화 장면은 흔하다. 감독이 배우의 멘탈을 케어하는 것도 그렇고. 하지만 배우를 케어하는 감독이 강찬이라면 말이 달라진다.

이제 막 20대 초반에 들어선 천재 감독이 배우들을 케어하는 장면은 언뜻 보기에 이상해 보였다.

하지만 그 안에서 배우의 열정과 감독의 진지함이 뒤섞여 영화 촬영 장면의 열기를 그대로 보여주고 있었다.

'1화는 이 그림을 위주로 만들어야겠어.'

주인공인 헨리와 감독 강찬. 두 사람의 케미를 살린다면 아주 재미있는 메이킹 필름이 탄생할 것은 당연지사. 대박은 떼놓은 당상이나 다름없었다.

'THE MICHAEL'이 크랭크인에 들어가고 일주일 후. 강찬의 말은 사실로 증명되었다.

"신넘버 11, 컷 4-1, 테이크 51!"

51번째 테이크. 간단히 말해 같은 장면을 쉰한 번째 다시 찍고 있다는 뜻이었다.

배우들과 스태프들의 얼굴에는 피곤이 빈틈없이 가득 차 있었지만, 그 누구도 티를 내진 않았다.

"NG! 헨리! 좀 더 너티하게! 진주는 카메라 시선 처리 똑바로 하고!"

늘어나는 테이크에 모든 사람이 스트레스를 받고 있지만 그중 제일 심한 이들은 배우와 감독이다.

감독은 자신이 직접 연기를 할 수도 없는데 배우들이 자신이 원하는 바를 뽑아내 주지 못하니 스트레스를 받고, 배우는 자신이 연기하고 있는데 오케이 사인이 떨어지질 않으니 스트레스를 받는다.

"테이크 60번 전에 끝냅시다."

하지만 강찬은 테이크가 늘어날수록 직접 발로 뛰며 배우들을 코치했다.

자신의 머릿속에 있는 장면을 그대로 그려 낼 수 있도록 배우들의 연기를 지도했으며 스태프들과 함께 세팅을 손봤다.

게다가 장면이 나아지고 있었다. 아주 미세한 차이였지만 첫 테이크와 51번째 테이크를 비교해보면 확연한 차이를 보였다.

배우들은 똑같은 연기를 계속하며 점점 더 캐릭터와 동화되었고 그들의 머릿속에도 강찬이 그리는 그림이 각인되고 있었기 때문이다.

"3, 2, 1 레디, 슛!"

슛 사인과 동시에 52번째 테이크가 시작되었다. 스태프들조차 대사를 외울 정도로 반복된 신, 배우들의 연기는 이 장면을 위해 태어났다고 할 정도로 자연스러웠고 동선과 얼굴의 근육까지도 강찬의 머릿속에 든 그대로 진행되었다.

"오케이! 컷! 수고하셨습니다!"

강찬의 입에서 오케이 사인이 떨어졌을 때, 배우와 스태프들 할 것 없이 모두가 환호성을 질렀다.

"와!"

마치 영화 촬영이 종료된 것처럼 모두가 감격의 환호를 지르고 있을 때, 강찬은 바로 헤드셋을 눌러쓰고선 방금 촬영한 것을 살폈다.

이미 오케이 사인을 내리긴 했지만, 혹시라도 놓친 게 있을까 확인하는 것이었다. 물론 이 모습 또한 메이킹 필름에 들어가고 있었다.

"후."

신이 완벽한 것을 확인한 강찬은 짧은 한숨을 내쉬며 의자에 기댔다. 완벽을 추구하며 배우와 스태프를 독려하고 있는 강찬이었지만 그 또한 한 명의 사람이었다.

육체와 정신이 피곤함에 절여지는 것은 어쩔 수 없었고 극한의 피로를 느끼고 있었다. 그렇게 의자에 몸을 걸친 채 강찬은 잠시 눈을 감은 순간.

강찬은 그대로 잠이 들어버렸다.

그 순간.

**[능력 단계 상승 : 연출 - 5단계]**

[발아의 식물이 최고 단계에 이르러 '개화'가 시작됩니다.]

잠들어 버린 강찬은 보지 못한, 그토록 기다리던 발아의 식물 개화가 강찬을 찾아왔다.

발아 능력, 수면을 통해 잠을 컨트롤 할 수 있게 된 강찬이었지만 이 정도의 무리까진 버틸 수 없는 모양이었다.

강찬이 까무룩 잠이 들었지만 그를 깨우는 사람은 없었다. 그가 촬영 도중 눈을 감은 채 생각에 잠기는 것은 자주 있던 일이었고 그때마다 더 나은 결과를 도출해내곤 했으니까.

하지만 그때가 촬영이 끝난 뒤, 거기다 한겨울이라면 이야기가 달라진다. 결국, 수군거리던 스태프 중 총대를 멘 이는 매니저인 백현주였다.

"감독님?"

불러도 대답이 없자 백현주는 강찬의 어깨를 살짝 흔들었고 그때, 강찬이 발작을 하듯 부르르 떨며 눈을 떴다.

"······주무셨어요?"

"예? 아, 예. 깜빡 존 모양입니다."

강찬은 눈을 깜빡이며 주변을 살폈다. 수많은 스태프의 시선이 자신에게로 향해 있는 상황. 부끄러움을 느낄 법도 했지만, 그보다 놀란 것이 먼저였다.

'많이 피곤했나.'

수면 능력을 얻게 된 후, 강찬은 잠이 들고 깨는 것을 컨트롤할 수 있게 되었고 졸거나 자신도 모르게 잠이 든 적이 없었다.

눈을 비빈 강찬이 다시 눈을 떴을 때. 그의 눈앞에는 오랜만에 보는 메시지가 떠올라 있었다.


**[능력 단계 상승 : 연출 - 5단계]**

[편집 - 개화]

[최종 단계에 이르러 하위 단계의 모든 능력이 통합 적용됩니다.]

[개화 - 능력에 대한 이해도가 최상에 달합니다. 보고 듣는 것만으로 본질을 파악할 수 있으며 대상의 의도 또한 꿰뚫어 볼 수 있습니다. 또한, 능력을 사용하는 데 있어 대가 수준의 실력을 보유하게 됩니다.]


개화!

그토록 바라마지 않았던 단계가 드디어 열렸다. 잠에 취해 있던 강찬은 눈을 부릅뜬 채 메시지를 읽고 또 읽었다.

'대가 수준의 실력이라.'

애초에 연출 실력은 눈에 확 들어오는 것이 아니다. 그게 일정 수준에 이른 이들이라면 더욱이나.

실력보다는 창의력과 개성 등이 더 중요시 여겨지기 때문. 그렇기에 모호했다.

'당장 실험해 보고 싶은데.'

마음 같아서야 피곤함에 절어 있는 스태프와 배우들을 데리고 다음 신을 진행하고 싶었지만 10시간에 가까운 촬영을 마친 직후였다.

수면 능력이 있는 자신이 피곤함에 절어 졸 정도인데 다른 이들은 오죽하겠는가.

"정리는 끝났습니까?"

"예, 다들 퇴근 사인만 기다리고 있어요."

"죄송합니다. 저만 피곤한 게 아닐 텐데. 다들 퇴근하라고 전해주세요."

"그럴 수도 있죠. 예."

백현주가 스태프들에게 말을 전하는 사이 강찬은 다시 한 번 메시지를 읽어보았다. 연출 능력의 개화라.

자신을 한계까지 몰아붙이면서까지 마스터피스를 뽑아내

려 한 의지가 결정적인 키가 된 모양이었다.

'편집도 이런 방식으로 올릴 수 있을까.'

시도해 볼 가치는 충분하다. 물론 아무런 발전도 성과도 없이 한계까지 몰아붙이는 것은 의미 없을 터.

강찬은 돌아오는 백현주를 바라보며 말했다.

"현주 씨도 퇴근하십시오."

"감독님은요?"

"아이디어가 떠올라서. 편집실로 갈 생각입니다."

칼바람 몰아치는 야외에서 졸던 양반이 또 일하러 간다니. 워커홀릭을 넘어 일에 미친 게 아닐까, 하는 생각이 들 정도였다.

그러면서도 궁금해졌다.

'무슨 아이디어가 떠오른 걸까?'

잠시 고민하던 백현주가 강찬에게 물었다.

"저도 가도 될까요?"

"편집실 말입니까?"

"예. 오랜만에 강 감독님 편집하는 거 보고 배우기도 하고, 잡일 하는 어시스트 하나 있으면 편하시지 않겠어요?"

"그건 그렇죠. 배움은 언제나 환영입니다. 2시간 뒤에 편집실에서 뵙겠습니다."

"네. 어차피 밤샐 것 같으니 준비해서 갈게요. 숙소로 가시나요?"

"예."

"그럼 같이 가요."

두 사람은 세트장을 나서서 셔틀버스 정류장으로 향했다. 어지간한 마을만 한 면적을 자랑하는 ATM 촬영 단지였기에 내부에서는 셔틀을 운용하고 있었다.

"셔틀 진짜 편한 것 같아요."

"윤가람 PD 아이디어였습니다."

"그래요? 역시 현장을 많이 뛰어보신 분이라 그런가. 어떻게 개선해야 하는지를 아시는 것 같네요."

강찬이 그토록 원하던 동선의 간소화. 그 덕에 촬영하며 딜레이되는 시간은 0에 가까워졌고 그 덕에 효율적인 촬영 스케줄의 운용이 가능해졌다.

지금 움직이는 것 또한 마찬가지.

만약 할리우드 세트장에서 촬영을 진행했다면 1시간에 걸쳐 숙소로 돌아갔어야 할 것이고 또 30분에 걸쳐 작업실로 이동했어야 할 것이다.

총 1시간30분의 시간이 낭비되는 것.

하지만 ATM 촬영 단지 내에서는 10분이면 모든 것이 가능했다.

"촬영 단지가 더 커져서 테마파크까지 운영되면 정말 볼만하겠어요."

"어트랙션도 구비할까 생각 중입니다."

"어트랙션이면 놀이기구요?"

"예. 이왕이면 전 세계에서 가장 큰 롤러코스터. 자이로드롭. 이런 걸 둬보고 싶습니다."

"감독님 놀이기구 좋아하세요?"

백현주가 놀란 듯 물었다. 그도 그럴 것이 강찬의 삶은 오로지 영화를 중심으로 돌아가고 있다는 것을 매니저인 그녀가 제일 잘 알고 있었기 때문이다.

"좋아합니다. 못 갈 뿐이죠."

"아…… 하긴. 감독님이 롯데월드 이런 데서 놀이기구 탔다가는 난리 나겠네요."

대화를 나누는 사이 셔틀이 숙소에 도착했다.

"그럼 2시간 뒤에 뵙겠습니다."

"네."

인사를 마치고 숙소로 올라온 강찬은 곧바로 침대에 몸을 던졌다. 잠 때문에 머리가 무거운 지금은 뭘 해도 안 될 것 같았기 때문이었다.

편집실에 먼저 도착한 백현주는 인터넷을 켜곤 웹서핑을 시작했다.

"난리 났구나."

'THE MICHAEL'의 호화로운 캐스팅, 역대급 드라이리딩, 그리고 제작발표회에서의 깜짝 발표와 강찬의 영화가 드디어 크랭크인했다는 기사까지.

포털 메인의 절반이 강찬에 관한 기사로 도배가 되어 있었다. 따로 검색하지 않아도 될 정도.

"대단하네."

사회적으로 저명한 인사도 아니고 전 세계적으로 유명한 배우도 아니다.

즉, 사회에서 항상 이슈가 되어온 주류층이 아닌 영화감독이 이 정도 이슈를 끌어낼 수 있다니.

"이것도 다 계산한 건가."

강찬의 행동에 의미가 없는 것은 없었다. 가끔 보면 걸음을 걷는 방식까지도 어떤 의미가 숨겨져 있지 않을까 싶을 정도.

'하긴 그 정도로 노력하니까 되는 것이겠지.' 하는 생각으로 자격지심을 지워 버린 백현주는 다시 웹서핑에 집중했다.

기사들의 제목을 훑어보던 그녀는 가장 높은 조회 수의 기사를 클릭해보았다.


**[감독, 배우, 사장, 그리고 후원 재단의 이사. 강찬]**

2007년, 선댄스 영화제를 흔들어놓은 감독이 있다.

상업 영화와 독립 영화 사이 모호해지는 경계에 대하여 논하는 감독들에게 '그게 무슨 상관이냐'라는 일침을 놓으며 데뷔한, 아주 당돌한 슈퍼 루키가.

선댄스를 뒤집어놓은 슈퍼 루키는 곧바로 할리우드로 직행했고 1년 만에 한 편의 영화를 만들어 모두에게 선보였다.

여기까진 영화계의 모든 사람이 그러려니 했다. 언제나 등장하는 슈퍼 루키고 그가 성장해 나가는 과정이라 생각했으니까.

하지만 그는 단순한 슈퍼 루키가 아니었다.

급류를 탄 그는 유니버설과 계약한 뒤 3년 만에 6편의 영화를 제작하는 기염을 토해냈고 영화 한 편 한 편이 평론가와 관객 모두에게 호평을 받는 쾌거를 이루었다.

물론 그만한 돈을 쓸어 담은 것은 당연지사. 그는 데뷔한 지 4년 만에 '세계에서 가장 유명한 감독'이 되어버렸다.

그런 감독의 신작에 이목이 쏠리는 것은 아주 자연스러운 일이다. 그의 제작발표회에는 전 세계에서 모인 기자들이 문전성시를 이루었고 하나의 정보라도 더 캐내기 위해 혈안이 되어 있었다.

그런 자리에서 감독 강찬은 이색 발표를 했다.

후원재단을 설립하겠다는 것. 그리고 그 계기에 대한 것이었다. 그때 필자가 느꼈던 감정은 말로 표현할 수가 없다. 정확히는 하고 싶지 않다는 것이 옳을 것이다.

그렇기에 영상의 링크를 첨부해 두었으니 관심이 있는 분께서는 기사 하단의 링크를 클릭해 주시길 바랍니다.

이어서, 필자는 그에게 인간으로서의 존경심을 느꼈다. 이미 영화라는 거대한 판 안에서 일가를 이룬 사람이지만 그는 쉴 새 없이 자신을 성찰하고 또 앞으로 나아가기 위해 노력한다.

말로 표현하기는 쉽지만, 그것을 일구어나가는 이를 바라보며 느끼는 감정은 색다른 경험이었다.

그렇기에 나는 강찬 감독의 신작, 'THE MICHAEL'에 대해 엄청난 기대를 갖게 되었다.

한시도 쉬지 않고 발전하는 이가, 지금까지 일궈놓은 모든 것을 내려놓은 뒤 다시 시작하는 작품은 어떨까? 그가 광고에서 말했듯, 다른 세상을 보여줄 수 있지 않을까?

물론 이번 이색 발표가 없었더라도 필자는 그의 신작을 몇 번이고 보았을 것이며 최대한 객관적인 시선으로 평론을 써 내려가기 위해 노력했을 것이다.

지금도 다르지 않다. 객관적인 시선을 유지하기 위해 노력할 것이다. 오히려 더욱 냉철한 잣대를 들이댈 것이다.

필자가 기대하는 것보다, 상상하는 것보다 뛰어난 작품을 들고 올 것이 분명하기 때문에…….

(후략).

"뭐 보고 계십니까?"

"아, 오셨어요?"

"예, 여기 커피."

"감사해요."

기사에 집중하느라 강찬이 들어오는 것도 몰랐던 백현주는 자신이 들고 있던 태블릿 PC를 강찬에게 내밀며 말했다.

"감독님 기사 보고 있었어요. 이 기자는 감독님께 '인간으로서의 존경심'을 느꼈다네요."

"……존경심 말입니까?"

"예."

커피를 내려놓고 자리에 앉은 강찬은 기사를 쓱 읽어 보았고 이내 웃음을 흘렸다.

"굉장히 부담스러운 기사네요."

"저도 언젠가 이런 기사를 받아볼 수 있었으면 좋겠어요."

"될 겁니다. 현주 씨는 재능이 있습니다."

"진짜요?"

"물론 지금은 아닙니다만."

백현주 또한 알고 있다. 지금의 자신이 영화감독으로 얼마나 완성이 되어 있는지.

'완성이랄 것도 없지.'

이제 막 디딤돌을 쌓아가는 단계가 더 어울린다. 알고 있지만 다른 이, 그것도 거장의 반열에 올랐다 해도 모자랄 것 없는 이의 입에서 듣는 것은 다른 문제였다.

"저도 알거든요. 그래서 오늘 생각나신 아이디어는 뭐에요?"

"연출에 관한 겁니다. 현주 씨는 조명에 대해 얼마나 아십니까?"

"조명이요?"

갑작스러운 질문이었지만 백현주는 차분히 자신이 알고 있는 것들을 이야기했다.

"영화의 3요소 중 장면, 그리고 장면에서 가장 중요한 것은 연출과 배우, 그리고 그중 감독의 영역인 연출에서 독보적인 위치를 차지하고 있는 게 조명이죠."

"사람마다 다르긴 합니다만. 저도 그렇게 생각합니다. 조명 하나로 배우뿐만 아니라 장면의 분위기 자체를 바꿀 수도 있고 배우가 표현하지 못하는 감정을 표현할 수도 있죠."

"네."

"1997년 작, '노킹 온 헤븐스 도어'가 대표적입니다. 조명의 명암 대비만으로 두 주인공의 처지와 감정, 그리고 영화가 진행되면서 변해가는 캐릭터의 심정까지. 그 다양한 것들을 조명으로 표현해내는 명작 중 명작이죠."

"대학 수업 시간에 배운 적 있어요. 두 암 환자가 바다를 보러 가는 내용이었죠?"

고개를 끄덕인 강찬은 ATM IP 서버에 접속해 '노킹 온 헤븐스 도어'를 내려받았다.

'일단은 조명부터.'

개화한 능력을 알아보기 위해서는 다른 작품을 보아야 한다. 이왕 보는 거 공부가 될 만한 명작이 좋다는 생각이었고 그래서 선택한 것이 '노킹 온 헤븐스 도어'였다.

고전 명작인 만큼 CG와 같은 최신 기술보다는 조명과 배우의 연기 등 아날로그적인 요소를 극대화한 작품이다.

그만큼 기본기에 충실한 작품이며 그 기본기를 가지고 어디까지 발전시킬 수 있는가를 보여주는 작품이기도 했다.

영상이 재생되자 강찬은 자세를 편하게 고쳐 앉았고 그의 움직임에서 백현주는 자연스럽게 눈치를 챘다.

"이 영화 끝까지 보시려고요?"

"예. 조명에 대해 생각난 게 있어서. 현주 씨도 같이 보시고 끝난 다음에 토론해 봅시다."

강찬과 영화 촬영 기법에 대한 토론이라. 돈으로 환산하자면 억 단위의 가치가 있을지도 모르는 시간이었다.

편하게 앉은 강찬과는 다르게 백현주는 노트와 펜을 꺼내 들고 영화가 재생되는 화면을 잡아먹을 듯 노려보기 시작했다.

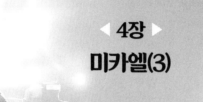

### ◀ 4장 ▶
## 미카엘(3)

밥 딜런의 '노킹 온 헤븐스 도어'가 흘러나오며 영화 '노킹 온 헤븐스 도어'의 엔딩 크레딧이 올라갔다.

백현주가 생각난 것들을 노트에 적으며 정리하는 사이. 강찬은 속에 담아두었던 긴 숨을 내쉬었다.

'엄청난 능력이다.'

강찬은 영화를 보는 내내 온몸에 돋아난 소름 때문에 추위를 느낄 정도였다.

'모든 게 보여.'

장면을 보면 감독이 연출하며 생각한 의도가 보였다. 단순히 '이런 의도겠지.'가 아니라 감독의 생각을 그대로 읽는다고 표현할 정도로.

캐릭터의 시선 처리부터 입은 옷, 소품의 배치와 조명의 강약. 카메라 위치의 이유까지.

하나에 화면에 담긴 수많은 정보가 눈길 한 번에 모두 강찬의 머릿속으로 들어왔다.

그리고 강찬의 뇌는 그 모든 정보를 처리해냈다. 이것 또한 '개화'의 능력일 터.

마치 음식을 먹고 혀에서 맛을 느끼듯. 한순간에 들어온 모든 정보는 곧바로 이해가 되어 강찬의 지식에 녹아들었다.

'미쳤군.'

'밟아' 능력을 처음 얻었을 때, 강찬은 여자에게 물었다. 개화에 다다르면 어떻게 되느냐고. 그랬더니 여자는 답했다. '역사에 이름을 남길 수 있겠죠'라고.

그녀의 말은 결코 허세나 거짓이 아니었다.

이 능력만 있다면 거장이라 불리는 감독들의 영화를 보는 순간, 그들의 생각과 의도, 연출 방식 등 모든 것을 알 수 있을 것이고 강찬의 것으로 흡수할 수 있을 것이다.

그리고 강찬이 연출하는 장면마다 녹아들어 제마다 빛을 말할 것이다. 그야말로 미쳤다는 말이 어울리는 단계였다.

강찬이 개화가 가진 능력에 대해 놀라고 있을 때, 노트 필기를 마친 백현주가 말했다.

"좋은 영화는 엔딩 크레딧이 올라가고 난 뒤에야 판단할 수 있는 거 같아요."

"왜입니까?"

"그때부터 생각이 나거든요. 캐릭터가 왜 그랬는지, 어떤 장면이 좋았는지, 다시 본다면 어느 장면을 유의해서 볼 건지. 그리고 이야기하고 싶어져요. 다른 사람은 어떻게 봤는지."

동의한다는 듯 고개를 끄덕인 강찬이 그녀의 말을 받았다.

"저도 그렇게 생각합니다. 극장을 벗어나는 순간, '아, 재미있었다.' 하고 끝나는 게 아니라 관객의 가슴 속에 남아 양분이 되는 영화가 좋은 영화죠."

"음. 그렇게 간단하게 정리할 수도 있겠네요. 가슴에 남는 영화. 그런 의미에서 이 영화나 강 감독님 영화는 참 좋은 영화네요."

"칭찬은 됐고. 어땠습니까?"

영화 시작 전부터 '조명'에 관한 것이라 말했기에 백현주는 영화 내내 조명의 사용 방법을 주의 깊게 보았다.

"같은 장소에 있는데도 한 사람은 조명 아래 앉아 있다거나, 햇살이 드는 창가와 그림자가 진 침대 위에 있다거나. 하는 식으로 대비를 주잖아요? 그런데 그 방식이 굉장히 자연스러워요. 신경 쓰지 않고 보면 제대로 보기 힘들 정도로요."

"그래서 더 좋지 않습니까?"

"네, 그래서 더 좋아요. 감독이 대놓고 '이건 이거고 저건 저거다.' 하고 설명하는 게 아니라 관객이 스스로 '이런 느낌이 들어.' 하고 깨달을 수 있게 해주니까요."

사건의 제삼자와 당사자, 두 사람 중 어느 쪽이 하는 이야기가 더 설득력이 있는가를 생각하면 당연하다.

"강 감독님은 어떠셨어요?"

강찬은 자신의 머릿속에 들어온 정보를 정리할 겸 이야기를 시작했다.

"간단히 정리하자면 균형의 중요성을 보았습니다. 빛이 있으면 그림자가 있고 선이 있으면 악이 있지 않습니까? 연출도 그런 거라고 생각합니다."

"연출에서의 균형이요?"

"예, 한 번에 볼 수 있는 장면이 100이고 그 안에서 주인공이 차지하는 비중이 20이라면 나머지 80이 있다고 해보죠."

백현주는 알 듯 모를 듯한 표정으로 고개를 끄덕였다. 지금은 이해하지 못하더라도 일단 듣다 보면 이해가 되지 않을까 하는 기대를 하며.

"나머지 80을 조명 하나에 다 투자했다고 해봅시다. 그러면 장면 안에서는 조명만 보일 겁니다."

"그렇겠죠?"

백현주의 머릿속에 아무것도 없는 방에 거대한 조명과 주인공만 있는 그림이 그려졌다.

"그럼 관객들은 조명을 보며 생각할 겁니다. '저게 뭔가 중요하겠구나.' 하고 말입니다. 조금 극적으로 예를 들었는데 좀 더 쉽게 말하자면 캐릭터 20 조명 10 배경 10 소품 10…… 뭐 이런 식으로 균형이 필요하다는 겁니다. 거기서 슬라이드를 옮겨 중요한 것에 더하거나 빼는 거죠."

"아, 이해했어요. '노킹 온 헤븐스 도어'가 조명에 비중을 더 많이 둔 만큼, 다른 것들에서 비중을 덜어내어 균형을 맞추었다. 그렇기에 더욱 돋보이는 영화가 되었다. 이런 말씀이시죠?"

"몇 가지 더 있긴 합니다만 맥락은 그렇습니다."

"몇 가지나 더 있다고요?"

"예, 예를 들자면 바다입니다. 두 주인공은 바다라는 목표를 두고 활극을 펼치게 됩니다. 거기에서……."

강찬의 설명이 이어질수록 백현주의 눈이 동그래졌다.

지금껏 공부하기 위해 수많은 영화를 보았고 해석을 보았으며 평론가들에게 수업을 받았다. 하지만 이렇게 간단하게 설명을 해주는 사람은 없었다.

"이해되십니까?"

"네…… 다 이해했어요. 와, 이거 책으로 내도 되겠는데요?"

"이런 이야기를 책으로 찾자면 많을 겁니다."

"그래도 강 감독님처럼 쉽고 간단하게 설명하는 사람은 없을 거 같은데요? 진짜로 강사 쪽으로 나가서도 잘 하실 것 같아요."

강찬은 고개를 저으며 답했다.

"전 현주 씨와 눈높이를 맞출 수 있지 않습니까. 대상이 한정된 상태니 그만큼 맞춰서 설명할 수 있던 겁니다."

"그런가……."

아쉽다는 듯 입술을 깨문 백현주는 남은 궁금증을 해소하기 위해 질문을 퍼부었다.

강찬 또한 머릿속 지식을 완벽히 자신의 것으로 소화하기 위해 그녀의 질문에 성심성의껏 대답해 주었고 그렇게 불타는 학구열 속, 다음 날이 찾아왔다.

연출의 개화 후, 강찬의 하루는 이전보다 더욱 단순해졌다.

촬영 시간에 맞춰 눈을 뜨면 촬영 스케줄을 확인한 뒤 촬영장으로 향한다.

개화를 얻기 전보다 진보한 연출력으로 마음에 드는 장면을 다 뽑으면 집으로 돌아온다.

그리곤 편집.

당일 촬영분을 확인하고 가편집을 한 뒤 숙소로 향한다. 그리곤 고전 명작부터 최신 개봉작까지 장르를 가리지 않고 영화 한 편을 본 뒤 생각을 정리하고 잠이 든다.

이렇게 생활을 한 지 석 달.

'THE MICHAEL'의 촬영이 시작되고 석 달이 지났으며 강찬의 'ATM 후원재단'이 설립되었다.

이 과정에서 강찬의 어머니가 미국으로 넘어와 재단에 취직하셨다.

강찬이야 명예이사 직함이라도 드리려 했지만, 그의 어머니 한연숙 여사는.

'그냥 봉사나 하러 다닐 건데 무슨 직함이 필요해. 비행기 티켓이나 좋은 거로 끊어줘.'

라며 강찬의 배려를 일축시켰다.

백중혁의 백 미디어는 ATM에 편입되었으며 IPTV 부서를 신설하게 되었다.

백중혁 또한 미국으로 넘어와 자신의 손녀, 백현주를 만났고 아직 매니저를 하고 있다는 사실에 흡족한 표정으로 그녀를 바라보며 말했다.

'진주 양은 잘 있나?'

질문의 의도가 굉장히 뻔했기에 강찬은 답하지 않았고 백중혁은 특유의 호탕한 웃음으로 어색함을 떨쳐냈다.

개중 제일 변한 것은 강찬 본인이 있다.

몇백 편의 영화를 보며 수많은 감독의 스타일을 머릿속에 저장했고 그것들을 모두 취합해 최적의 연출을 찾아냈다.

원래도 뛰어났던 그의 연출력이 더욱 향상되자 촬영 속도 또한 박차를 가한 듯 빨라지는 것은 당연했다.


그리고 오늘, 2012년 4월 17일.

ATM 촬영 단지에서는 강찬의 목소리가 크게 울리고 있었다.

"케인! 미간을 조금 더 찌푸려 주실 수 있습니까? 그렇죠. 좋습니다. 그 상태에서 오른 다리를 더 앞으로. 아뇨. 미세하게 움직였다는 느낌이요. 움직임은 잘 안 보이는데 옷에 주름은 생길 정도로 작게요. 예. 조명 B. 오른쪽으로 2㎝ 돌려주세요. 조금만 더…… 오케이. B-1 카메라, 언더에서 바스트로. 천천히 훑어봐 주십시오. 오케이. 그 각도로 갑니다."

강찬은 눈 내리는 날, 눈을 처음 보는 개처럼 현장을 뛰어다니고 있었다. 그러면서도 입은 쉬지 않았는데 그 기세가 래퍼를 해도 될 정도였다.

그의 목소리는 손에 들린 무전기가 무색할 정도로 촬영장 전체에 쩌렁쩌렁 울렸다.

그러면서도 눈은 현장의 모든 것을 살피고 있는 것인지 1㎜의 오차도 허락하지 않았다.

"창문 밖, 조명. 어디였죠? D팀?"

"예, D입니다."

"D팀. 저기 위에 다섯 번째 조명."

"예."

"아래로 좀 더. 태양광 같은 느낌을 내고 싶습니다. 창밖으로 들어오면 조명이 여기 있는 테이블을 비추고 그 아래 나무 바닥의 결을 비춰야 합니다. 그러니까 각도를 이렇게."

세상 그 어느 영화촬영장에서도 들을 수 없는 디테일한 코칭에 조명 팀은 빠르게 움직이며 그의 오더를 따랐다.

마침내 완벽한 세트가 완성되고 나서야 강찬은 필드 테이블로 향했다.

"스탠바이 되면 말씀해주세요."

"올 스탠바이."

"오케이, 셋 세고 숏 들어갑니다. 케인, 다리 움직임에 집중해주세요. 중요한 포인트입니다. 배우분들 감정 잡으시고. 그럼 카운트 갑니다. 셋, 둘, 하나. 롤."

디테일한 코칭은 스태프들뿐만 아니라 배우에게도 똑같이 적용되었고 그 덕에 배우들의 연기 속에서도 디테일이 녹아들었다.

"오케이, 컷! 케인 연기 좋았습니다. 진주도 수고했어."

오늘의 마지막 컷 촬영이 끝나자 마이클 케인과 여진주가 악수를 나누었다.

"오늘도 수고하셨습니다. 선생님."

"진주 씨도 수고했어요. 날이 갈수록 연기가 느는 게 보이네."

"감사해요."

"사실인걸요. 강 감독이 괜히 진주 씨를 캐스팅한 게 아닌 거 같아."

세계적인 배우, 마이클 케인의 칭찬에 여진주는 고개를 숙였다. 그녀 또한 자신의 연기가 늘고 있다는 것을 인지하고 있었다.

요즘은 연기한다는 생각보다 자신의 캐릭터, '진주'의 삶을 살아가고 있다는 느낌이 들기도 했다.

그 정도로 몰입했으니 연기가 자연스러워지는 것은 물론이요 강찬의 디테일한 코칭까지 더해지자 연기가 늘지 않으려야 않을 수가 없었다.

"선생님 연기는 오늘도 최고였어요."

"나보다는 강 감독 코치가 좋았죠. 젊어서 그런지. 매일매일 저렇게 열정적으로 두뇌를 쓸 수 있다는 게 참 부러워요."

"제가 감독님보다 젊지만 돈 받아도 저렇게는 못 할걸요."

"하긴, 저런 열정은 돈으로 살 수 있는 게 아니죠. 하지만 100억 달러쯤 받으면 할 수 있지 않을까요?"

중후한 겉모습 속, 장난기를 숨긴 웃음을 흘린 마이클 케인은 자리에서 일어서며 말했다.

"진주 씨, 오늘도 영화 보러 가나요?"

"네, 오늘은 제 추천작이 방영되는 날이거든요."

"오, 뭡니까?"

케인의 물음에 여진주는 씩 웃으며 답했다.

"보러 오신다면 말씀드릴게요."

"안 그래도 오늘은 시간이 나서 오랜만에 강 감독의 무비 클럽에 참가할 생각이었습니다."

"진짜요? 그럼 선생님의 평론도 들을 수 있겠네요? 벌써 기대된다."

"고집 센 늙은이의 옛날이야기라면 모를까 평론은 아닐 겁니다."


강찬의 무비 클럽.


강찬이 매일 저녁 홀로 영화를 보게 된다는 것을 알게 된 지인들은 그와 함께 영화를 보곤 영화에 대한 토론을 나누기 시작했다.

처음에는 백현주, 그리고 그녀를 견제하기 위한 여진주.

여진주의 친구인 송인섭과 헨리 카빌까지. 5명밖에 되지 않았으나 송인섭이 배우들을 하나씩 초대하게 되었고 3개월이 지난 지금은 하나의 디너쇼같이 굳어가고 있었다.

영화인으로서 다 같이 영화를 보고 이야기를 나누는 것을 싫어하는 이들은 없었다.

게다가 할리우드 탑스타들과 강찬 감독과 함께하는 자리라면 더욱이나.

모임은 점점 커졌고 결국 이번 영화 'THE MICHAEL'의 관계자가 아닌 이들까지 초대하는 규모에 이르게 되었다.

결국, 강찬은 '외부인 출입금지'와 '일주일에 한 번만 참여할 수 있다'라는 룰을 정했고 그와 동시에 모임을 구체화했다.

그렇게 시작된 '강찬 무비 클럽'은 나름 체계적이고 균형 잡힌 운영으로 매일 밤 진행되었다.

강찬의 입장에서야 그 날 얻은 것들에 대한 정리를 할 수 있어서 좋았고 다른 이들은 친목과 안목을 동시에 쌓을 수 있었기에 윈윈이 되는 클럽.

훗날, 영화계를 넘어서 문화계 전역에 영향력을 끼치게 될 '강찬 무비 클럽'의 시초가 탄생한 것이었다.

ATM 그리고 영화 제작이 궤도에 오르며 강찬은 관객에 대한 욕심을 내려놓았었다.

이대로 쭉 노력해 간다면 남은 기간 안에는 무난하게 100억 관객을 돌파할 수 있을 것으로 보였기 때문이다.

그렇기에 강찬은 새로운 관객을 끌어모을 수 있는 자극적인 것들보다 강찬이 만족할 수 있는 영화를 만들기 위해 노력하고 있었다.

그러다 연출이 개화하게 되었고 강찬에게는 새로운 욕심이 생겼다.

'다른 것들도 개화시킬 수 있다면⋯⋯.'

연출이 개화한 시점 전후로 강찬은 완벽히 달라졌다. 단순히 '한 단계 나아졌다'가 아닌 아예 수준 몇 단계 높아졌다는 말이 어울릴 정도.

여기서 다른 능력들이 개화하고 나아가 그의 측근들까지 개화시킬 수 있다면?

'지금보다 더.'

이미 월드 클래스라고 할 수 있는 수준이었지만 더 높은, 그 누구도 따라올 수 없는 자리에 오를 수 있을 것이었다.

ATM 촬영 단지 내 편집실.

강찬이 손수 뽑은 서브 감독 둘, 디아나와 가스파르 두 사람과 편집팀.

그리고 백현주와 강찬이 함께 편집을 보고 있었다.

"여기 컷백 작업, 누가 하신 겁니까?"

"접니다."

"잠깐 와보세요."

가스파르는 자신이 실수한 게 있는지 빠르게 복기해 보며 강찬의 자리로 향했다.

강찬은 가스파르가 작업한 컷백, 즉 교차 편집한 장면을 재생하며 말했다.

"여기, 마이클의 얼굴과 휴렌트의 얼굴이 컷백으로 등장하는 장면. 명암 대비를 좀 더 주는 게 좋습니다."

강찬이 키보드를 몇 번 두들기자 주인공의 얼굴은 조금 더 밝아졌고 휴렌트의 얼굴은 더 어두워졌다.

극명한 차이라기보다는 '어느 쪽이 어둡냐.' 물었을 때 휴렌트의 얼굴이 조금 더 어두운 정도.

"뭐가 달라졌는지 아시겠습니까?"

"어…… 휴렌트의 얼굴선이 더 짙어져 보입니다. 그에 비해 마이클의 얼굴은 좀 더 붕 떠 보이고요. 느낌으로 말하자면 마이클은 흐릿해서 혼란스러운 느낌이고 휴렌트는 명백한 의지를 가진…… 그런 느낌이라고 생각합니다."

가스파르의 말에 강찬이 미소를 지었다. B급 정서를 가지고 있다지만 그렇다고 해서 영화감독에 대한 재능이 빛을 바라는 것은 아니다.

외려 B급이기에 재능이 더 빛을 발할 수 있는 상황.

"제가 이 장면에 조명을 과하게 쓴 이유가 그것 때문입니다. 촬영할 때 미리 대비를 둬두면 후보정할 때 조금만 만지더라도 인조적인 느낌 없이 내추럴한 느낌을 살릴 수 있습니다."

"그렇군요."

가스파르는 강찬이 자신을 부른 이유가 혼내기 위해서가 아닌, 가르치기 위해서라는 것을 알고선 그의 옆에서 귀를 기울이기 시작했다.

"조명을 사용하여 명암을 대비시키는 건 기본기 중 기본기입니다. 기교라는 건 기본기가 탄탄할 때 사용해야 그 효과가 극대화되는 것이고 말입니다. 그런 면에서 가스파르는 기본기는 탄탄합니다. 한데 기교가 모자라요. 제 영상에 자신의 색을 입히는 걸 무서워하는 것 같은데 안 그래도 됩니다. 제가 아니다 싶으면 바로 쳐내는 거 아시잖습니까? 좀 더 기교를 넣어보십시오."

후보정을 과하게 하면 화면 자체에 인조적인 느낌이 든다. 간단히 예를 들자면 과한 배경 CG의 사용으로 인물과 배경이 괴리되는 일이 벌어지는 것.

반대로 너무 사용하지 않으면 TV 다큐멘터리를 보는 듯한 느낌이 들어버린다. 그 미묘한 간극을 메우며 '자연스러움'을 만드는 것이 후보정의 가장 큰 역할이다.

"이해하셨습니까?"

"예, 감사합니다."

강찬의 인정에 기분이 좋아진 가스파르는 웃으며 고개를 끄덕였고 강찬은 그를 자리로 돌려보냈다.

그리곤 디아나를 불러 그녀가 편집한 것에 관해 이야기를 나누었고 다음은 백현주, 그다음은 편집팀 인원들이었다.

그들은 기본기가 모자라 혼나기도, 칭찬을 받기도 했으며 어떤 부분을 수정해야 할지에 대해 조언을 들었다.

'이 방법이 통할지는 모르겠지만.'

누군가를 가르치는 과정은 일종의 상호작용이다.

가르치는 이는 자신의 지식을 다시 한번 돌아볼 수 있는 계기를 가지게 되고 가르침을 받는 이는 새로운 지식을 더욱 쉽게 받아들일 수 있기 때문.

강찬에게 조언을 듣고 온 디아나가 가스파르의 옆자리에 앉았다. 그녀는 눈을 감은 채 생각에 잠겨 있다가 이내 가스파르에게 말했다.

"세상은 참 공평해."

"뜬금없이?"

"그렇지 않아? 노력하는 사람은 항상 대가를 받잖아."

"그야 그렇지. 그런데 갑자기 왜?"

"나는 내가 열심히 산다고 생각하거든. 너나 우리 편집팀 전부. 그런데 우리 보스를 보면 또 그게 아닌 거 같기도 해."

두서없는 말이었지만 가스파르는 공감할 수 있었다. 뭐랄까, 노력의 강도가 다르다.

강찬을 보고 있자면 칼을 든 괴한이 뒤에서 쫓아오며 '노력하지 않으면 죽는다!' 하는 것처럼 보였다.

"가끔 난 우리 보스가 가진 재능이 영화에 대한 재능이 아닐 수도 있다고 생각해."

"그럼?"

"노력에 대한 재능. 어때? 신빙성 있지 않아?"

그럴듯한 헛소리에 가스파르가 귀를 기울이는 사이에도 'THE MICHAEL'의 촬영 그리고 편집은 순조롭게 진행되었고 어느새 6개월 차에 접어들었다.

눈물에는 수많은 종류가 있다.

기쁨, 슬픔, 회한, 허탈 등. 사람이 눈물을 흘리는 이유에는 수많은 것들이 있고 각자 살아온 경험이 다르기에 눈물을 보며 느끼는 감정 또한 다르다.

그렇기에 눈물을 흘리는 연기는 힘들다.

배우는 캐릭터가 느끼는 감정을 그대로 보여주며 눈물을 흘리지만, 감독 혹은 관객들이 보기에는 다른 감정으로 보일 수 있기 때문이다.

그렇기에 감독은 자신이 원하는 눈물을 뽑아내기 위해 더 많은 테이크를 가져가게 되고 배우는 두어 시간씩 눈물을 흘리는 연기를 반복해야 하는 상황이 벌어지곤 한다.

여기서 문제는 우는 연기가 체력적으로 매우 힘들다는 것.

연기 중 가장 힘든 두 가지를 뽑으라면 액션, 그것도 롱테이크 액션 신과 우는 연기다. 두 가지 모두 체력을 극한까지 써야 하면서도 감정적인 연기까지 해야 하기 때문이다.

촬영을 시작한 지 여섯 달, 49번째 촬영 현장.

7월 초의 LA는 건조했고 따스했다. 그늘에 서면 선선함보다는 찬 느낌이 강한 여름의 초입.

여진주, 그리고 안민영. 두 여자는 촬영 준비가 한창인 현장을 바라보며 대화를 나누고 있었다.

"강 감독 연기하는 거 오랜만에 볼 수도 있겠네요."

"왜요?"

"눈물 연기라는 게 어떻게 보면 감정을 극한까지 끌어내서 보여주는 연기인 거잖아요. 그러다 보니 배우 자신의 색이 묻어나는 경우가 생기더라고요. 그게 감독의 의중과 일치되면 원 테이크에 끝낼 수 있겠지만 아니면 마음에 들 때까지 계속 테이크 늘어나게 되는 거죠."

그녀의 설명에 자신의 경험을 떠올린 여진주가 고개를 끄덕였다.

"강 감독님이 직접 연기를 보여주고 '이렇게 해라'라고 할 수도 있겠네요."

"네, 그게 강 감독의 장점이기도 하죠. 연기가 되는 감독이니 자신이 원하는 연기를 직접 배우에게 보여줄 수 있으니까."

안민영만 그렇게 생각하는 게 아닌지 다른 이들도 기대 어린 눈으로 강찬을 바라보고 있었다.

유튜브를 통해 입증되며 유명해진 그의 연기력을 실제로 보고 싶어 하는 이들은 많았다.

하지만 강찬은 '연기는 배우의 영역'이라며 어지간한 경우가 아니고서야 직접 연기 지도를 하려 하지 않았다.

그렇기에 이제는 스크린에서만 볼 수 있는 강찬의 연기를 실제로 볼 몇 안 되는 기회기 때문이다.

"강 감독님의 눈물 연기라…… 은근히 기대되네요."

"그렇죠? 진주 배우가 가서 바람 좀 넣어 봐요."

감정 표현이 서투른 탓에 표현 자체를 잘 하지 않는 강찬이다. 웃는 모습도 잘 보기 힘든데 우는 모습이라니.

순수한 탐구욕에 불이 붙은 여진주는 고개를 끄덕였고 그것을 본 안민영은 씩 미소를 지었다.

여진주가 종종걸음으로 강찬에게 걸어갈 때, 안민영은 비하인드 컷, 메이킹 필름의 제작을 맡은 데릭 톨에게 다가가 말했다.

"톨, 요즘 찍을 게 별로 없죠?"

"PD님 오셨습니까. 아무래도 그렇죠. 촬영도 후반부다 보니까 이렇다 할 사건도 없고…… 아, 물론 사건이 생기길 바라는 건 아닙니다. 재미있는 사건…… 이슈 그런 거죠."

"알아요, 그래서 그런데 오늘 장면 하나 건질 수 있을 거 같아서요."

유명한 할리우드 배우들의 대화 장면, 그리고 그들이 장난을 치는 장면도 한두 번 보아야 흥미로운 것이다.

근래 메이킹 필름이나 비하인드 컷에서 쓸 장면이 없어 허탕만 치고 있던 데릭 톨의 눈이 빛났다.

"어떤 장면입니까?"

"오늘 강 감독이 직접 연기하는 장면이 있을 것 같아요. 눈물 연기를 할 것 같은데."

"눈물 연기요."

"네, 오늘 신 중에서 헨리가 감정 연기를 하는 장면이 있거든요."

강찬의 눈물 연기라.

유튜브에 공개된 그의 연기 영상 3개가 전부 1억 뷰를 넘긴 것을 보았을 때, 이번 영상 또한 그에 준하는 혹은 넘어서는 인기를 끌 것은 당연했다.

그렇다면 남은 것은 데릭 톨 자신이 완벽한 영상을 담아내고 편집하는 것.

그것만으로도 강찬의 인기에 편승해 자신의 입지를 넓힐 충분한 계기가 되어줄 것이었다.

"최선을 다해야겠습니다."

"예, 부탁드릴게요."

"그럼 준비하러 가보겠습니다."

데릭 톨이 준비를 위해 자신의 크루를 향해 걸어갔다. 자신의 할 일을 마친 안민영의 시선은 대화를 나누고 있는 오늘의 주인공, 강찬에게로 향했다.

"연기해 달라고?"

"네."

여진주의 말을 들은 강찬은 오늘 대본을 읽으며 리허설을 준비하고 있는 헨리 카빌에게로 향했다.

이미 6개월간 호흡을 맞춰온 강찬과 헨리 카빌이다. 헨리는 강찬의 캐스팅 의도대로 새하얀 도화지 같은 배우였고 강찬이 말하는 모든 것을 흡수해 자신 캐릭터로 녹여낼 수 있는 배우였다.

그렇기에 굳이 연기할 필요가 없었고 지금 또한 그렇게 생각했다.

"오빠가 직접 연기한 지 오래됐잖아요. 요즘 다른 이슈도 없어서 팬들도, 기자들도 새로운 정보에 목마른 상황인데, 오빠가 연기한 걸 공개하면 좋지 않을까요?"

말이야 맞는 말이다.

굳이 그럴 필요가 없다는 것만 제외하면. AD, 즉 광고 파트는 파라가 모든 것을 맡아서 하고 있었고 지금도 충분히 이슈가 되어가고 있었다.

하지만 세상살이가 어떻게 필요에 의해서만 돌아가겠는가. 가끔은 사랑하는 이의 기분을 맞춰주기 위해 돌아갈 수도 있다.

"진주, 네 생각이야?"

"음…… 네."

"틈이 있는 걸 보아 외압이 가해진 거 같은데."

"하하하…… 외압까진 아니고요."

여진주는 자신도 모르게 안민영이 있는 곳을 흘겨보았고 강찬은 그녀에게 바람을 넣은 것이 누구인지 짐작할 수 있었다.

"뭐, 좋은 생각 같네. 그럼 이왕 할 거 제대로 해야지."

강찬은 무전기를 통해 메이킹 필름 촬영감독 데릭 톨, 그리고 조감독 서대호, 마지막으로 오늘 연기할 배우 헨리 카빌을 불렀다.

연기는 배우의 영역인 만큼 그의 의사 또한 중요했다. 어쨌거나 영화상 관객들이 마주하는 연기는 헨리의 연기가 될 테니까.

그의 연기가 강찬의 연기, 즉 광고로 사용하기 위한 연출에 묻혀서는 안 된다.

"……이렇게 해서 헨리. 당신의 연기, 그리고 제 연기를 합쳐서 메이킹 필름을 만들 생각인데 어때요?"

"좋습니다. 저도 강 감독님 연기가 다시 보고 싶었거든요."

"오케이. 그럼 이렇게 진행하도록 하죠."

강찬은 머릿속으로 정리한 내용을 설명하기 시작했다.

"아예 광고를 기반으로 잡고 갈 생각입니다. 대본이야 원래 있는 것대로 쓰면 되고. 헨리가 먼저 연기. 이건 사전 유출을 방지해야 하니까. 소리는 묵음 처리해 주시고 연기하는 장면도 앞뒤 잘라서 랜덤하게 배치해 주세요."

"알겠습니다."

"그리고 제가 연기하는 장면은 대사 없이 표정 그리고 감정만 해서 담을 겁니다. '영화에 이런 장면이 있다.' 그리고 제 팬여러분들에게 보내는 일종의 선물. 딱 그 정도의 느낌으로요."

데릭 톨은 강찬의 말을 받아 적다가 손을 들고 물었다.

"영화 내용의 유출만 없으면 괜찮은 건가요?"

"예, 메이킹 필름 올리기 전에 검수 한 번만 하겠습니다."

"그거야 당연합니다. 알겠습니다."

"그럼 S71의 촬영은 맨 뒤로 미루겠습니다. 일단 다른 신 촬영할 거 모두 끝낸 뒤 따로 들어갈게요."

"네."

길지 않은 조율이 끝나고 난 뒤, 본격적인 촬영이 시작되었다.

강찬의 연기라는 메인 이벤트를 앞둔 탓일까, 배우들과 스태프들이 합심하며 빠른 템포로 촬영을 이어갔고 촬영장에는 활기가 돌았다.

그렇게 모든 촬영이 끝나고 S71 촬영만을 남겨두었을 때.

"그럼 20분 휴식 후 다음 신 촬영 들어가겠습니다."

휴식 시간이 주어졌고 강찬은 대본을 집어 들었다.

촬영에 들어간 후 한시도 놓지 않은 대본이지만 감독의 눈으로 볼 때와 배우의 눈으로 볼 때는 확연히 달랐다.

감독은 전체를 보고 분위기를 파악하며 어떤 장면이 나올지 큰 그림을 그린다면 배우는 자신의 캐릭터 단 하나만을 본다.

배우 자신이 캐릭터가 되어 배경, 인물 그리고 소품과 상호작용을 해나가는 것이 연기이기 때문.

그렇기에 강찬은 오랜만에 배우의 눈을 하고선 대본을 읽어나가기 시작했다.


-내가 침묵했더라면. 오늘 죽은 사람들은 죽지 않았을까? 아니면 내가 막아냈기 때문에 더 많은 사람이 살았을까? 이게 변명이 될 수 있을까? 나는 누구에게 변명을 하고 있는 거지?


마이클이 미카엘로서 힘을 각성하며 전투를 벌이게 되고 그 과정에 민간인들이 휘말려 사상자가 발생하게 된다.

주인공, 헨리 카빌은 그런 이들의 시체를 보며 충격에 빠지게 되고 그 순간, 한 방울 눈물을 흘린다.

영화 전체 부분을 보자면 2분도 되지 않는 짧은 장면이지만 마이클이라는 캐릭터에 대한 이해, 그리고 그가 현재 처한 상황 모두를 이해하고 녹아들어야만 완벽한 감정을 소화할 수 있는 장면이었다.

물론 강찬에게는 문제가 되지 않는다. 영화 대본과 캐릭터 모두 강찬의 손에 탄생한 아이들이고 강찬의 머릿속에서 항상 뛰어놓고 있기에 그 누구보다 이해하고 있다고 자부할 수 있었다.

'이것도 재미있네.'

강찬은 항상 모든 것을 관조하는 감독의 시선으로 바라보았다. 그렇기에 극에 직접 뛰어들어 부딪히는 연기하는 것이 얼마나 재미있는지를 잊고 있었다.

몇 컷 되지 않는 짧은 장면이었지만 강찬은 읽고 또 읽으며 자신의 머릿속에서 감독으로 보는 장면을 지우고 배우로 녹아들 준비를 마쳤다.

그렇게 찰나와 같은 20분이 지났고 스태프가 다가와 물었다.

"감독님 준비되셨습니까?"

"예, 바로 시작하죠."

전투로 인해 폐허가 된 시내를 복원해 둔 세트.

그 중심에 강찬이 섰다. 그러자 배우와 스태프들은 강찬의 연기를 구경하기 위해 너나 할 것 없이 모여들었다.

"3, 2, 1 카메라 롤."

강찬 대신 메가폰을 잡은 조감독의 사인에 따라 카메라가 켜졌다.

감정 연기를 할 때는 미리 카메라 롤을 시켜놓은 뒤 배우가 감정을 잡기까지 기다리는 경우가 있다.

배우가 감정에 이입한 뒤 카메라가 움직이는 것이 조금 더 효율적이기 때문. 이번 경우 또한 그랬다.

강찬에게 고정된 카메라 감독들이 그의 연기가 시작되는 것을 기다리고 있을 때, 강찬의 연기가 시작되었다.

시작은 시선의 움직임이었다. 강찬의 시선은 자신의 손끝으로 향했고 그것으로 희생된 이들에게로 옮겨졌다.

손끝과 희생자들. 그리고 주변을 살피던 강찬은 천천히 눈을 깜빡였다.

조용히 강찬의 연기를 바라보던 노년의 배우, 마이클 케인이 짧은 탄식과 함께 말했다.

"저 눈빛이 참……."

1933년에 태어나 1950년대에 연기를 시작해 지금까지 100편이 넘는 영화를 찍어오며 연기 생활을 이어오고 있는 전설적인 배우, 마이클 케인의 말에 사람들의 귀가 집중되었다.

"눈빛이 왜요?"

"눈은 마음의 창이라는 말, 들어보셨습니까?"

"그럼요."

"연기할 때도 마찬가지입니다. 눈을 가린 채 연기를 하라고 하면 백이면 백은 제대로 된 감정을 전달할 수 없습니다. 저도 마찬가지고요. 그렇기에 제대로 된 배우들은 눈을 이용합니다. 카메라와 눈을 맞추며 내가 이런 감정을 느끼고 있다는 걸 보여주는 것이죠."

마이클 케인은 손가락으로 강찬을 가리키며 말을 이었다.

"사건이긴 합니다만, 거기서 한 단계 나아간 게 카메라를 보지 않고 하는 눈빛 연기라고 생각합니다. 옆에서 비치는 눈빛, 그리고 거기서 시작된 느낌만으로 몸 전체의 분위기를 살리는 단계라 할까요."

"강찬 감독이 그 정도라고요?"

"제가 무어라고 강찬 감독의 연기 수준을 판단하겠습니까. 하지만 눈빛 연기를 저 정도로 할 수 있다는 건 정말 대단하다고 느껴집니다."

대사와 소리 없이 오로지 몸으로만 해야 하는 연기였기에 더욱 어려울 것이라는 대중의 예상은 깨졌다.

강찬은 자신이 만든 캐릭터라는 것을 온몸으로 증명하듯 완벽한 연기를 펼쳐 보였다.

눈물 한 방울이 그의 뺨을 타고 흘러 바닥으로 떨어졌고 강찬은 카메라를 바라보았다. 5초 정도 지났을까.

"컷."

강찬이 직접 '컷' 사인을 내며 멋쩍게 웃었다.

"괜찮았습니까?"

그의 물음에 서대호는 엄지를 치켜세웠고 다른 이들은 대답 대신 뜨거운 박수갈채를 보냈다.

그리고 그들의 열화와 같은 반응을 보며 강찬은 색다른 느낌에 가슴이 뛰는 것을 느꼈다.

'잊고 있었어.'

배우로 작품과 함께 숨을 쉰다는 것이 얼마나 즐거운 것인지를 잊고 있었다.

감독 또한 모두와 호흡하긴 하지만 배우만큼 극에 녹아들어 함께 호흡할 순 없다. 전체를 보며 조율을 해야 하기 때문.

감독이라는 자리는 강찬에게 강박관념이라는 옷을 입혔고 스스로를 구속하는 결과를 불러왔다.

처음에는 100억 관객에 대한 부담감 때문에, 지금은 자신의 작품에 대한 욕망 때문에 재미있는 것들 하나둘씩 잊어가고 있었다.

서대호와 함께 그림을 그렸을 때의 재미, 여진주의 마음속에 있던 앙금을 함께 해소해 나갈 때의 감정, 선댄스 영화제에서 영화를 홍보하기 위해 이여름의 노래 무대를 준비하던 때의 설렘.

그 모든 것이 어느 순간 욕망이라는 이름 아래 잊혀가고 있었다.

강찬의 영화 주인공들은 삶의 무게를 버티지 못하던 이들이다. 그렇기에 짐을 벗어 던지고 혹은 무게를 극복해내고 더 강해지기 위한 여정을 떠난다.

마이클이 미카엘이 되기 위하여 자신을 둘러싼 굴레를 벗어 던졌듯이.

'어쩌면……'

지금까지 영화를 만들어 온 것은 자기 자신의 욕망을 투영

한 것이 아니었을까. 하는 물음이 머릿속을 가득 채웠다.

'조금 더 내 삶을 살아도 되지 않을까.'

강찬은 어느새 '안 되는 이유'를 찾는 자신을 발견하고선 입술을 깨물었다.

안 될 것은 없다. 여진주를 위해 한 장면 추가하듯. 삶이라는 희극 안에 재미라는 요소를 추구한다고 해서 크게 달라질 것은 없었다.

생각을 마친 강찬은 활짝 웃었다.

그리고 그때, 마치 그의 변화를 축하하듯 강찬의 머리 위로 환한 빛이 피어올랐다.

강찬 이외의 사람은 누구도 볼 수 없는 찬란한 빛이. 또 다른 개화를 알리는 축복의 빛이었다.

당장 개화한 능력을 확인하고 싶었지만 그 전에 할 일이 있었다.

"헨리, 잘 보셨나요?"

"예, 감사합니다."

"감사는 제가 해야죠. 앞으로 멋진 연기를 펼쳐주실 텐데."

헨리는 부담스러운지 한쪽 입꼬리만 올리며 미소를 지었다.

"감독님이 직접 연기를 보여주신 덕에 확실히 감이 잡혔습니다. 열심히 해보겠습니다."

"예. 그럼 준비되는 대로 바로 촬영 들어가겠습니다."

"네."

한 차례 이벤트, 강찬의 연기가 끝나자 스태프들은 다시 촬영이 재개를 위해 움직였다.

이벤트는 이벤트일 뿐 아직 오늘의 마지막 촬영이 남아 있었으니.

모두가 준비를 위해 움직이는 사이 강찬은 필드 모니터에 앉아 방금 개화한 능력을 살폈다.

**[능력 단계 상승 : 연기 - 5단계]**

[연기 - 개화]

[최종 단계에 이르러 하위 단계의 모든 능력이 통합 적용됩니다.]

[개화 - 능력에 대한 이해도가 최상에 달합니다. 보고 듣는 것만으로 본질을 파악할 수 있으며 대상의 의도 또한 꿰뚫어 볼 수 있습니다. 또한, 능력을 사용하는 데 있어 대가 수준의 실력을 보유하게 됩니다.]

이번에 개화한 능력은 연기였다.

자신이 만들어낸 캐릭터에 완전히 동화되어 연기를 펼쳤기 때문일까, 아니면 연기를 통해 다른 것을 볼 수 있게 되었기 때문일까.

모든 것이 종합적으로 영향을 끼쳤을 가능성도 있다. 중요한 것은 '어떻게'가 아니었다.

이번 개화를 통해 개화를 향해 가는 과정은 모두 다르다는 것이 증명된 것이나 다름없었기 때문이다.

'이것도 익숙해져야겠지.'

연출이 개화한 뒤 6개월이라는 시간이 지났지만, 아직 온전히 자신의 것이라 말하긴 힘들었다.

실력은 우후죽순처럼 빠르게 성장하고 있었지만, 아직도 겉을 핥고 있는 느낌을 지울 수 없었으니. 연기 또한 마찬가지일 것이다.

꾸준히 공부하며 노력해야만 강찬의 것이 될 수 있을 터.

해야 할 일이 하나 더 늘었지만, 오히려 더 기뻤다. 노력하는 만큼 자신의 능력이 성장하는데 마다할 사람이 있을 리 없으니까.

강찬의 생각이 끝나갈 무렵, 데릭 톨이 엄지를 치켜든 채로 다가왔다. 잔뜩 상기된 얼굴을 보아하니 촬영이 잘 된 모양이었다.

"완벽한 연기였습니다. 역시 강 감독님의 스타성은 최고입니다."

"잘 찍혔나요?"

"그럼요. 제가 아니라 8살짜리 애가 카메라를 들었어도 잘 찍혔을 겁니다. 피사체가 완벽했으니까요! 나중에 배우로 연기하실 일 있으면 언제든 불러주십시오. 무보수 촬영감독으로 일하겠습니다."

데릭 톨 또한 할리우드에서 알아주는 광고 전문 촬영감독

중 한 명이다.

그런 이가 무보수로 일하겠다는 말을 하는 걸 보니 확실히 능력이 대단한 것이 다시금 체감되었다.

이제 개화의 단계에 올랐으니 강찬이 하는 연기는 말 그대로 엄청날 터.

"하하, 말이라도 감사합니다."

"다음에 연락 주시면 말뿐만이 아니라는 걸 보여드리겠습니다."

몇 마디 더 나눈 데릭 툴이 돌아갔다. 강찬은 자신을 촬영한 영상을 한 번 돌려보았고 이내 감출 수 없는 미소를 흘렸다.

'다음 영화는 내가 주인공을 해볼까.'

자신이 원하는 대로 움직이는 배우. 거기다 스타성도 확실하고 연기는 두말할 것도 없다. 세상에 이런 배우가 어디 또 있겠는가.

강찬의 생각이 삼천포를 헤매고 있을 때, 서대호가 다가와 말했다.

"올 스탠바이. 헨리도 감정 잡으려고 세트 들어가 있어."

"오케이, 바로 카메라 롤."

그의 사인에 서대호가 무전기를 통해 '카메라 롤'을 전파했고 곧 촬영장의 모든 카메라에 붉은빛이 들어오며 헨리 카빌의 모습을 담았다.

카메라를 시작으로 모든 장비가 가동되었고 마지막 신의 촬영이 시작되었다.

강찬 또한 필드 모니터에서 일어나 직접 세트로 향해 헨리의 연기를 눈으로 살폈다.

'보인다.'

연출이 개화했을 때와 같다. 헨리가 연기하는 모습을 보는 순간 그가 어떤 감정을 연기하려 하는지, 표정을 짓는 이유가 무엇인지.

또 그가 어떤 모습을 연기할지가 머릿속에 확실히 그려졌다.

'……미쳤어.'

'아는 만큼 보인다.'는 말이 있다. 그리고 어느 분야든 실력이 쌓이다 보면 보이는 것이 늘기 마련.

단계에 이르기 전까지는 보이지 않던 것들이 보이며 식견이 넓어지고 생각이 깊어지게 된다.

그렇기에 '개화'가 엄청난 것이었다.

아는 만큼 보여야 하는 것이 인지상정인데 알지 않아도 보이고 그것들을 이해할 수 있는 능력이 생기는 것이다.

'부족해.'

헨리의 연기는 좋았다. 강찬이 의도한 바를 정확히 캐치해 내고 미카엘을 연기하고 있었다. 하지만 모자라다.

어느 부분에서 어떻게 하면 나아질 수 있을지가 훤히 보이는, 마치 완벽한 도자기의 흠결을 찾아내고 부수어 버리는 도

자기 장인의 심정과 같았다.

'조금은 다르지.'

마음에 들지 않는 연기를 한다고 사람을 부수고 다시 만들 순 없는 노릇. 그렇다고 단기간 가르쳐 변할 수 있는 성질의 것도 아니다.

'계획을 앞당겨야겠어.'

후원재단과 배우 양성 학교, 그리고 감독 양성 학교를 만드는 계획에 박차를 가해야 할 이유가 생겼다.

그곳에 입학한 원석들을 가려내고 개화의 단계에 이른 '연기'와 '연출'을 통해 그들을 성장시킨다면.

강찬의 입지는 할리우드 전체를 덮을 수 있을 것이다.

"컷, 헨리. 연기는 좋아요. 시선 처리만 조금 고칩시다. 너무 날 따라 하려 하고 있어요. 카메라와 시선을 마주치는 걸 피하지 마십시오. 오히려 마주치면서 감정을 폭발시키고 관객에게 말을 거는 건 어떻습니까? '난 이런 감정인데 당신들은 어떻게 생각하느냐.' 하는 식으로요."

"알겠습니다. 3분만 시간을 주십시오."

"그러죠. 카메라는 계속 롤하겠습니다. 다른 팀도 마찬가지. 헨리는 편할 때 연기를 시작하세요. 촬영감독 분들은 헨리가 연기를 시작하는 타이밍 맞춰 동선대로 움직여주십시오."

헨리는 얼굴을 있는 힘껏 구겼다가 풀곤 다시 감정을 잡았다. 몸을 움직이기도 하고 고개를 이리저리 돌리며 리허설을 마친 그는 바로 연기를 시작했고 강찬의 기대대로 훌륭한 연기를 보여주었다.

"오케이, 컷!"

모두의 우려를 뒤로하고 단 두 번의 테이크에서 오케이 사인이 떴다.

헨리의 연기가 뛰어나기도 했고 무엇보다 그의 한계가 명확히 보였기에 의미 없는 테이크를 진행하지 않은 것이다.

'지금은 이게 최선이다.'

이미 한계를 보여주고 있는 이를 데리고 더 촬영해 보았자 체력만 소모될 뿐 더 나은 결과를 뽑아낼 순 없을 게 뻔히 보였기 때문.

"고생하셨습니다."

한순간 높아진 눈에 아쉬움이 따르는 것은 어쩔 수 없었다. 앞으로 차차 고쳐나가면 될 터.

조급함보다는 천천히 한 걸음씩 나아갈 여유가 필요한 상황이니.

촬영이 끝난 뒤, 강찬은 여진주를 자신의 집으로 초대했다.

마음 같아서야 레스토랑으로 향하고 싶었지만 그러기에는 세간의 이목이 문제였다.

"스테이크 좋아해?"

"싫어하는 사람이 있긴 할까요?"

"그건 그렇지."

"오빠가 직접 요리해 주시게요?"

"응. 스테이크 굽는 거 좋아하거든."

요리를 하고 먹는 과정 또한 재료를 취합해 하나의 결과물을 만드는 것.

어찌 보면 영화를 만드는 과정과 비슷하다. 그렇기에 강찬은 요리하는 것을 즐겼다.

지금까지는 시간을 아끼기 위해 사 먹는 쪽을 택했지만, 오늘부터는 여유를 챙기기로 했으니 변화의 시작을 요리로 잡은 것이다.

"와, 오빠 요리하는 거 처음 봐요. 기대해도 돼요?"

"그럼."

"뭐 도와줄 건 없어요?"

"응, 집 구경은…… 할 게 없겠구나."

강찬의 집은 말 그대로 잠을 자는 공간이었다. 그 흔한 TV조차 없었으니까.

스테이크용 고기를 꺼내며 집을 쭉 둘러본 강찬은 여진주에게 말했다.

"아무래도 가구가 더 필요하겠지?"

"네."

"그럼 진주, 네가 한 번 골라볼래?"

"네?"

"내가 이쪽 감각은 영 떨어져서. 인터넷으로 가구 몇 개 골라줘. TV나 뭐 그런 것들."

강찬이야 별 뜻 없이 한 말이지만 여진주에게는 신혼집을 꾸미자는 말로 들려왔다. 입술을 깨물며 붉어지려는 볼을 감춘 여진주는 '네.' 하는 대답과 함께 시선을 돌렸다.

맛있는 냄새가 집을 가득 채워갈 무렵, 강찬이 물었다.

"미디움레어 좋아하던가?"

"그거보다 조금만 더 익혀주세요."

"오케이."

"가구 색은 어떤 게 좋아요?"

"심플한 색? 단색이면 좋겠어."

"음…… 그럼 이건 어때요?"

여진주는 태블릿 PC를 들고 와 강찬에게 보여주었고 그는 고개를 끄덕였다.

"괜찮네."

"그럼 이걸로 하고…… TV는 큰 게 좋겠죠?"

"응, 빔프로젝터도 괜찮을 거 같아."

대화를 나누는 사이 식사가 준비되었고 두 사람이 식탁에 마주 앉았다.

"앞으로 더 자주 와. 맛있는 거 해줄게."

"그래도 돼요?"

"생각해 보니까 안 될 거 있나 싶더라고."

"영화 개봉하고 나서요. 괜한 기사 나면 영화에 영향을 끼칠 거고 그러긴 싫어요."

"더 열심히 해야겠네."

"몸도 좀 생각하고요."

"운동도 해야겠어."

"밥도 좀 많이 먹고."

"우리 엄마야?"

여진주는 배시시 웃었고 강찬은 그녀의 손을 쥐며 말했다.

"좋다."

"저도 좋아요."

레드 와인과 어울리는 맛있는 스테이크. 그리고 사랑하는 사람과의 대화. 세 가지가 어우러진 식사는 행복함이 무엇인지를 다시금 깨닫게 해주는 시간이었다.

연기의 개화 후, 한 달이 지났다.

연기와 연출, 두 가지의 개화 덕에 강찬은 한결 바빠진 나날을 보내야 했다.

하지만 강찬은 역설적으로 그 속에서 여유를 찾게 되었고 주변 사람들은 또다시 달라진 강찬을 보며 의문을 표했다.

그중에는 강찬과 일적으로 가장 많은 시간을 보내는 백현주도 있었다.

ATM 촬영 단지가 아닌 본사. 오랜만에 회사 업무를 보기 위해 본사로 출근한 강찬의 사무실.

금주 스케줄 체크와 영화 진행 상황에 대한 보고를 마친 백현주가 강찬에게 말했다.

"요즘 편해 보이세요."

"연애해서 그런가 봅니다."

"……예?"

뜬금없는 커밍아웃에 백현주가 토끼 눈을 했지만, 강찬은 그녀를 바라보고 있지도 않았다.

"진짜 연애하세요?"

"좀 됐습니다."

"세상에, 누구랑요?"

"그건 비밀입니다."

"……에이. 설마 영화라거나 필름, 그런 무생물하고 연애하는 건 아니죠?"

"엄연히 살아 있는 생명, 그리고 생물학적 여성과 교제 중입니다."

"다행이네요."

강찬도 평범한 사람이라는 걸 다시 한번 깨닫고 안도의 한숨을 쉰 것도 잠시. 다시 궁금증이 피어올랐다.

"근데요, 감독님."

"안 알려줄 겁니다."

"그럼 왜 말했어요?"

"제가 요즘 편해 보이는 이유가 궁금한 거 아니었습니까?"

"그냥 인사말이었거든요."

"그렇습니까? 그럼 연애하는 거 자랑하려고 했다고 합시다."

어이가 없어진 백현주는 헛웃음을 흘렸다. 사랑하면 사람이 변한다더니. 이렇게까지 달라지나? 하는 생각이 들 정도.

영화를 촬영할 때나 일을 할 때처럼 공적인 자리에서는 여전히 강찬 그 자체였지만 사적인 자리에서는 유해진 것을 넘어서 사람 내용물이 변한 느낌이었다.

"강 감독님한테 그런 말을 들을 거라곤 생각도 못 했어요."

"저도 제가 이런 말을 할 줄은 몰랐습니다."

"참…… 신기하네요."

도대체 어떤 여자기에 강찬이라는 인간을 이렇게 바꿔놓은 걸까. 생각하자 떠오르는 여자가 있긴 했다. 강찬과 묘한 분위기를 풍기던 배우. 여진주.

여진주가 일방적으로 강찬을 좋아하는 게 아닐까 생각했는데 그게 아니었던 모양이다.

돌아가는 판세를 대충 눈치챈 백현주가 흐흐, 하고 묘한 웃음을 흘릴 때. 강찬의 내선전화가 울렸다.

"강찬입니다."

-로비 데스크입니다. 강 감독님 손님이 오셨습니다.

"오늘 따로 약속 없는데요."

강찬이 자신의 말이 맞냐는 눈빛을 담아 백현주를 바라보았다. 그녀는 강찬의 뜻을 이해하곤 잠시 생각에 잠겼다가 고개를 끄덕였다.

-지금 손님 올라가십니다.

당사자가 약속이 없다는데 손님이라니. 그것도 로비를 통과해 올려보낸다니? 강찬이 의아한 얼굴로 백현주에게 물었다.

"저 오늘 약속 없지 않습니까?"

"예, 없죠."

"근데 제가 약속이 있다는데요? 그 손님은 지금 엘리베이터를 통해 올라오고 있고."

백현주 또한 의아한 얼굴이 되었다. ATM 본사 건물의 1층을 통과하기 위해서는 게스트용 출입증 혹은 직원용 출입증이 있어야 한다.

그걸 발급받기 위해선 나름의 절차가 필요한 건 당연한 일.

"도대체 누구기에 로비 데스크를 그냥 통과할까요?"

"제가 아는 사람이라면 이름을 말했을 텐데. 그냥 손님이랍니다."

이해할 수 없는 상황에 침묵이 이어졌고 자연스레 두 사람의 시선은 출입문으로 향했다. 그리고 얼마나 지났을까.

문이 열리며 검은 정장을 입은 여자가 들어왔다. 여자의 얼굴을 본 강찬은 어처구니가 없어서 헛웃음을 흘렸다.

여자의 정체는 강찬에게 기회를 준 존재이자 과거로 돌아오게 해준 '그녀'였다. 그제야 이해가 되었다.

'그녀'라면 로비 데스크 직원을 통과하는 것쯤은 일도 아니었겠지. 강찬이 웃고 있자 백현주가 물어왔다.

"아는 분이세요?"

"네, 원래 서프라이즈를 좋아하는 사람인데 이런 식으로 등장할 거라곤 생각도 못 했습니다."

"아, 다행이네요. 차라도 한 잔 드릴까요?"

"괜찮습니다."

"네, 그럼 이야기 나누세요."

'그녀'는 백현주가 사무실을 나서고 나서야 인사를 건네왔다.

"오랜만이네요."

"저번에 제가 평범하게 방문하라고 드렸던 말, 기억하고 계셨던 모양입니다. 예. 오랜만에 뵙습니다. 잘 지내셨습니까?"

"덕분에요."

강찬은 책상에서 일어나 소파로 향했고 그녀 또한 강찬의 앞에 마주 앉았다.

"이렇게 찾아오실 거라고는 상상도 못 했습니다."

"그런가요?"

고개를 끄덕이는 강찬을 빤히 바라보던 그녀가 말을 이었다.

"여유가 생기셨네요. 보기 좋아요."

"얼마 전에 두 번째 능력을 개화해서 그런가 봅니다."

"축하해요."

"감사합니다. 덕분에 많은 경험을 하고 있습니다."

초반에는 이 여자에게 궁금한 것은 한도 끝도 없이 많았었다. 그런데 어느 순간 중요하지 않은 것이라는 생각이 들었고 한 번 그렇게 생각하자 더 이상 궁금하지 않았다. 정확히 말하자면 알 필요가 없어졌다.

그러자 그녀를 대하는 데 있어 부담이 가셨다.

나의 과거를 알고 있는 유일한 친구 정도? 친구라고 할 수 있을지는 모르겠다만.

"개화는 도구예요. 살아가며 만나는 많은 것들이 도구죠.

그걸 어떻게 이용하는가는 당신에게 달린 것이고요."

내 생각을 읽고 말하는 저 화술은 익숙해졌다고 생각할 때쯤 낯설게 느껴진다.

그나저나 도구라. 도구라는 자신을 빗대어 말하는 느낌이 들었다.

틀린가? 하는 생각을 하며 그녀를 바라보았지만, 미소를 지을 뿐 어떤 답을 해주진 않았다.

"잘하고 있다는 뜻으로 받아들이겠습니다."

"그건 맞아요. 돌아오고 10년 안으로, 그것도 20대의 나이에 두 개의 능력을 개화한 사람은 당신이 최초예요."

"특전 같은 게 있습니까?"

"그럴 리가요."

"아쉽네요."

그녀는 조금 더 짙어진 미소를 지으며 말했다.

"처음에는 걱정했어요. 쉬지 않고 달리는 말은 언젠가 쓰러지기 마련이거든요. 많은 이가 그래왔고."

"다행히 주변에 좋은 사람들이 많아서요. 이제는 조금씩 쉬어갈 생각입니다. 그…… 그쪽과 약속했던 100억 관객이라는 목표도 시간 맞춰 달성할 수 있을 것 같고 말입니다."

그래도 이름은 궁금하다. 과연 여자의 이름이 뭘까? 성경에 나오는 천사? 혹은 악마의 이름일까. 아니면 의외로 평범한 김

미영 같은 이름일 수도.

그녀의 반응을 살피기 위해 눈을 바라보았지만 어떠한 변화도 없었다. 머쓱해진 강찬은 목덜미를 긁적이며 말을 이었다.

"이번 영화까지만 찍은 다음에는 집도 사고 차도 사고. 사치도 부려볼 생각입니다. 연애도 제대로 해볼 거고."

"좋은 생각이에요."

"그리고 생각하고 있는 게 있습니다. 한 20년 뒤에, 그러니까 제가 100억 다 채운 다음에 말입니다. 그때 제 이야기를 영화로 만들 생각입니다. 그래서 말인데…… 제가 그쪽과 처음 만났을 때 했던 말 기억하십니까?"

"절 배우로 쓰고 싶다는 말이었죠. 기억해요."

"하하. 예. 그겁니다. 제가 당신의 욕망을 가득 채워준 다음, 그러고 나서 언젠가 시간 날 때, 제 영화에 한 번 출연해 주실 생각 있으십니까?"

"그건 그때 가서 대답 드리죠."

칼같이 거절할 줄 알았던 강찬의 눈이 동그래졌다. 그냥 말이나 꺼내보자는 심보였는데 대답의 유보라니.

"의외네요."

"재미있을 것 같거든요."

"막…… 영화에 출연하고 그래도 되는 겁니까?"

"그것도 그때 가서 대답 드리죠."

기세를 탔다고 해야 할까. 아니면 정말 친해졌다는 생각이 들어서일까.

강찬은 내친김에 지금까지 품어왔던 것 중에 가장 궁금한 것을 물었다.

"이름이 뭡니까?"

생각을 하는 것과 입 밖으로 내는 것은 느낌 자체가 확연히 달랐다. 하지만 그녀에게는 별다를 것이 없었는지 미소를 지은 채로 강찬과 눈을 맞추었다.

그러곤 천천히 입을 열었다.

영화 'THE MICHAEL' 촬영도 막바지에 달한 9월, 촬영이 끝나갈수록 편집팀이 바빠지는 건 당연한 일이었다.

편집팀의 부팀장인 두 사람, 가스파르와 디아나가 회사에서 숙식을 해결하는 것이 일상처럼 되어가던 어느 날. 강찬이 두 사람을 불렀다.

"디아나, 가스파르. 잠깐 보죠."

사람을 칭찬할 때는 많은 이들 앞에서, 잘못을 논할 때는 당사자와 단둘이. 강찬의 조직운영 지론 중 하나였다.

그것을 아는 가스파르와 디아나였기에 굳은 얼굴로 강찬의 뒤를 따라 그의 집무실로 향했다.

"두 사람, 제 서브 감독으로 함께 한 지도 꽤 됐죠?"

"예."

"거의 3년 됐죠."

디아나는 '매그피센트 필름'으로, 가스파르는 길거리 캐스팅으로 강찬 사단에 합류하였고 그 이후로 몇 년간 강찬의 아래서 영화를 배워왔다.

강찬과 함께 촬영장을 다니며 그의 영화 촬영 방식을 배웠고 연출을 배웠으며 감독이 가져야 할 카리스마를 배웠다.

"슬슬 자기 작품, 해보고 싶지 않습니까?"

자기 작품이라는 말에 두 사람의 눈이 반짝였다. 강찬이라는 걸출한 감독 아래서 영화를 배우는 것은 매 순간이 즐거운 일이었으며 또 영광이었다.

하지만 두 사람 또한 감독을 꿈꾸는 이들. 자신의 작품에 대한 열망을 가슴 한구석에서 키워나가고 있는 것은 당연했다.

"이번 'THE MICHAEL' 끝나고 디렉터 스쿨을 하나 만들 생각입니다. 시스템의 구성과 자금은 이미 확보된 상태고 교수진을 초빙하고 있죠."

"들어본 적 있습니다."

"저희가 디렉터 스쿨로 들어가게 되는 건가요?"

"두 사람의 의지에 따라서요. 저는 제가 가진 90%를 두 사람에게 알려주었다고 생각합니다. 앞으로 함께하면 더욱 많은 것을 가르쳐 줄 수 있겠지만 지금 두 사람에게 필요한 것은 저보다는 경험이라는 생각이 들었습니다."

가스파르는 기회라는 생각에 빠르게 고개를 끄덕였고 디아나는 입술을 다문 채 의자에 몸을 기댔다.

"간단히 설명해 드리자면, 두 사람은 강찬 디렉터 스쿨의 1기 입학생이 될 겁니다. 어느 정도 완성된 두 사람인 만큼 기본 교육 단계는 생략하고 바로 영화 제작 단계로 들어가겠죠. 시나리오를 직접 쓰든 시나리오를 픽업하든 자유입니다. 모든 것을 지원해 드릴 테니 훌륭한 교수진들과 함께 영화를 제작해 보세요."

영화감독을 꿈꾸는 두 사람에게는 너무나 좋은 기회. 그렇기에 쉽사리 믿기지 않는 모양이었다.

"모든 것을 지원해 주신다고요?"

"예. 영화 제작에 필요한 모든 것들을, 지금까지 구성되어 있는 ATM 인프라를 통해 지원해 드릴 예정입니다. 물론 두 사람이 수락해야 가능한 거긴 합니다만."

강찬은 한 입으로 두말을 할 사람이 아니다. 그리고 손해 보는 장사를 할 위인도 아니고. 강찬의 의도를 이해하려 힘쓰던 디아나는 관자놀이를 짚으며 물었다.

"왜 그런 투자를 저희에게 하시는 건가요?"

"디아나의 말대로 투자입니다. 투자란 돈을 들여 들인 돈 이상의 수익을 얻어내는 게 목표인 행동입니다. 그렇죠?"

"……네."

"이것도 투자의 일종입니다. 두 사람은 저와 함께 몇 년간 일을 한 사람들이고 그렇기에 두 분의 실력은 제가 가장 잘 압니다. 여기서 확실한 에이스 하나를 손에 쥘 수 있습니다. 그리고 전 두 사람을 아주 잘 가르쳤다고 생각합니다. 두 번째 에이스죠. 세 번째는 ATM의 인프라. 'ATM의 첫 번째 필름 프로젝트'라는 이름을 달고 두 사람의 영화가 출시될 겁니다. 에이스 트리플입니다."

에이스 트리플. 포커로 치자면 배팅을 걸어볼 만한 패긴 하다. 하지만 나머지 한 장의 에이스가 다른 이의 손에 있지 않을 거라는 확신은 할 수 없다.

그렇기에 강찬은 확신을 주었다.

"그리고 마지막. 접니다. 제가 두 분의 영화를 검수할 겁니다. 물론 처음부터 끝까지는 아니겠지만 최대한 여러분의 색을 살리며 도움을 줄 겁니다. 이게 마지막 에이스죠. 자, 이제 에이스 포카드입니다."

두 사람은 익숙해져서 잊고 있던 것을 깨달았다.

강찬은 ATM의 대표이며 몇백억 달러 단위의 재산을 가진 영 앤 리치의 표본이다.

그리고 무엇보다 영화만 찍었다 하면 빌리언 달러 클럽에 들어가는, 어마어마한 실력을 지닌 영화감독이자 제작자이며 편집자이고 시나리오 라이터다.

"에이스 포카드."

"질 수가 없겠네."

가스파르와 디아나, 두 사람은 자신도 모르게 고개를 끄덕이고 말았다. 강찬이 보여준 자신감이 두 사람에게 옮겨가기라도 한 것처럼.

강찬이 함께한다는 말을 들은 순간 무엇이라도 할 수 있을 것 같다는 생각이 머릿속을 가득 채웠다.

"할게요."

"하겠습니다."

"잘 생각하셨습니다. 강찬 디렉터 스쿨, 줄여서 KDS는 'THE MICHAEL'의 제작이 끝나고 6개월 정도 뒤에 시작될 예정이니 그동안 개인적으로 작업하시고 어떻게 영화를 꾸려나갈지 생각해 보십시오."

"알겠습니다."

디아나와 가스파르, 두 서브 감독은 확실히 재능이 있었다. 발아의 씨앗, 그리고 미래를 알고 그들을 품은 것이기에 어느 정도 성장은 당연한 것. 하지만 이 두 사람은 강찬과 함께하며 더욱 성장했다.

두 사람이 강찬처럼 모든 것을 할 수는 없을 것이다. 누군가는 감독의 영역에서 만족할 것이고 누군가는 더 나아가 더 많은 것을 손에 쥐려 할 것이다.

강찬의 목표가 그것이었다.

할 수 없어서 못 하는 것이 아닌, 할 수 있으나 효율을 위해 하나에 집중하는 것.

"감사합니다."

"감사는 제가 드려야죠. 앞으로 KDS를 이끌어갈 훌륭한 인재분들이 저를 믿고 따라와 주시는 건데."

말을 마친 강찬은 두 사람에게 악수를 건넸고 두 사람은 활짝 웃으며 악수를 받았다.

2012년, 11월 27일.

한 해가 벌써 저물어간다는 것을 부정하고 곧 찾아올 크리스마스를 반기는 두 가지 분위기 속. 'THE MICHAEL'의 최종 편집본이 완성되었다.

과거로 돌아온 후, 제작한 영화 중 이번 영화의 제작이 가장 즐거웠다. 보여주고 싶은 모든 것을 집어넣었으며 배우들의 연기 또한 만족스러웠다.

편집과 CG 또한 마찬가지. 어디 하나 마음에 들지 않는 부분이 없었다.

"끝났다."

최종 편집본의 검수를 마친 강찬은 기지개를 쭉 켜며 창밖을 바라보았다. 어느새 해가 뜨고 있었다.

어제 아침, 해가 뜰 무렵 출근해 마지막 검수를 시작했으니 꼬박 하루를 편집실에서 보낸 셈.

강찬은 햇빛이 들어오는 편집실을 둘러보았고 아직 햇살이 닿지 않은 곳의 그림자를 바라보았다.

"이름이라."

'그녀'에게 이름을 물어보았을 때. 그녀가 답했다.

'목표를 이루시면 그때 알려드릴게요.'

말을 마친 그녀는 '대화 즐거웠어요'라는 말과 함께 자리를 떠났다. 평범한 사람들처럼 자신의 발로 걸어나가 엘리베이터를 타고서.

"그렇게 중요한 건가."

생각해 보았자 답이 나오진 않을 터. 강찬은 머리를 휘휘 저어 상념을 털어낸 뒤 메일을 작성했다.


-최종 편집본 나왔습니다. 오늘 저녁 오후 6시 일정대로 내부 시사회를 진행할 예정이니 참가해 주시면 감사드리겠습니다.

내부 시사회, 간단히 말하자면 임원들과 헤드 스태프들이 모여 최종 편집본을 확인하는 자리다.

기술적 오류나 옥에 티 같은 것을 발견하는 일종의 최종 검수 같은 느낌.

"그럼 정리 좀 하고."

강찬은 남은 시간 동안 수염도 깎고 잠도 좀 자면서 외적, 내적으로 정리를 할 생각으로 자리에서 일어섰다.


저녁 6시. ATM 본사 대회의실에 열둘의 사람이 모였다.

촬영 감독과 음향 감독, ATM VFX 감독과 웨타디지털의 VFX 자문, 강찬과 함께 시나리오 라이팅 작업을 한 이들의 대표, 헤드 프로듀서인 안토니 갤리웍스 등.

영화를 제작하는 데 있어 지대한 역할을 한 이들이 전부 이 자리에 있었다.

"다들 고생 많으셨습니다. 제가 말하고 상상한 모든 것을 영상에 담아내기 위해 1년간 노력해 주셔서 감사합니다. 드디어 최종 편집본입니다. 물론 오늘 고칠 것이 발견되면 최종 편집본 ver.1이 되겠지만요."

강찬은 모인 사람들을 한 사람씩 바라보며 말을 이었다.

"어지간한 오류는 CG로 메꿀 수 있을 테니 걱정하지 않으셔도 됩니다. 아, VFX 감독님 두 분은 걱정하셔야 할지도 모르겠습니다."

1년간 한 작품을 위해 호흡해 온 이들이었기에 얼굴만 보아도 무슨 생각을 하는지 알 수 있을 정도였다.

그렇기에 VFX 감독들은 강찬의 말이 진심이라는 걸 알았고 다들 웃고 있는 사이에서 떨떠름한 미소를 지을 수밖에 없었다.

"그럼 사설은 여기까지. 바로 내부 시사회 시작하겠습니다."

말을 마친 강찬은 자리에 앉아 펜을 들었다. 그것을 신호로 모인 이들 전부 각자 영화 감상에 편한 자세로 앉아 펜을 쥐었다.

자신이 담당한 파트 중 고쳐야 할 부분이 없길 바라면서.

138분.

짧은 러닝타임으로 하루 상영량을 최대로 늘리는 것을 지향하는 요즘 할리우드의 세태와는 맞지 않는 긴 러닝타임이었다.

하지만 그 누구도 긴 러닝타임에 불만을 표하지 않았다. 오히려 영화가 끝나는 순간, '아, 벌써 2시간이 지났습니까?'라고 말하는 사람이 있을 정도.

"여기까집니다."

엔딩 크레딧은 아직 제작 중이었기에 마지막 장면을 끝으로 회의실에 불이 켜졌다. 그러자 강찬이 자리에서 일어서며 말했다.

"제가 감독이라 그런지, 아니면 하도 많이 봐서 그런지 오류는 찾지 못했습니다. 찾은 분 계십니까?"

메인 스태프들은 각자 자신의 소감을 적은 종이들을 바라볼 뿐, 손을 드는 사람이 없었다. 그때, 내부를 쓱 훑은 안토니 갤리윅스가 손을 들며 말했다.

"이미 몇 번을 본 작품이지만 또 이렇게 최종 편집본을 제대로 감상하니 느낌이 다르군."

안토니의 말에 다른 이들이 공감하는 듯 고개를 끄덕였다. 다들 각자의 파트를 위해 영화 전체를 보았지만, 모두의 노력이 하나로 합쳐진 편집본은 처음 보는 것이었다.

"사람이 말일세. 한 가지 일을 계속하다 보면 그것에 대한 버릇 같은 게 생기네. 편견이라기보다는 뭐랄까, 고집? 관념? 그런 것들이지."

"그렇죠."

"나는 영화 프로듀서이자 평론가로 인생 전부를 살아온 사람이네. 그러다 보니 영화를 보는 데 있어 어떤 점을 고쳐야 할지, 개선안을 찾는 게 버릇이 되어버렸어. 내가 PD로 참여한 영화도 마찬가지일세. 자네 영화 또한 그렇고."

"이해합니다."

간단히 말하면 직업병이다.

좋은 점을 보기보다는 좋지 않은 점을 찾아내어 개선해야 하는 게 안토니가 평생 동안 해온 일이니 그럴 수밖에.

"그런데 말일세. 그런 것들이 보이지 않으면 어떤 기분이 드는 줄 아나?"

"그런 것들이라면 개선점 말씀이십니까?"

"뭐 비슷하네. 의문점이 조금 더 어울리겠군. 여기선 이렇게 했으면 좋았을 텐데, 혹은 왜 이런 걸 한 거지? 하는 그런 의문 말일세."

"의문이 안 들면 어떤 기분이 드느냐라…… 놓친 게 있지 않을까 하는 생각이 들 것 같습니다."

강찬의 대답에 안토니가 웃음을 터뜨렸다. 강찬도 자신과 다를 것 없다고 느꼈기 때문이었다.

"나도 그랬네. 그래서 몇 번을 돌려보았네. 내가 놓친 게 있는 건 아닐지. 내가 참여한 작품이기에 객관적으로 보지 못하는 게 아닐지. 자기 자신을 의심하며 말일세."

"모든 감독, 아니, 제작자들이 그렇죠."

"그러다 어느 순간 깨달았네. 내가 이상한 게 아니구나. 내가 놓친 게 있는 게 아니야. 영화가 완벽한 것이었어."

안토니의 말에 서브 PD가 짝, 짝하고 박수를 쳤다. 그 또한 안토니와 함께 최종 편집에 참여했고 똑같은 감정을 느꼈기 때문이었다.

"안토니를 비롯한 모든 스태프께서 노력해 주신 덕이죠."

그의 말에 안토니는 손가락을 휘휘 저었다.

"전 세계를 돌며 수많은 부품을 모아 작품을 제작한 마이스터가 있네. 그가 만든 작품을 부품공들의 작품이라 말할 수 있나?"

안토니가 하고자 하는 말을 이해한 강찬은 쓴웃음을 지었다. 그러자 안토니 또한 미소를 지으며 말을 이었다.

"같은 걸세. 초안 기획부터 픽업, 마무리 편집까지 모든 것을 기획하고 만들어낸 사람이 내 눈앞에 앉아 있는데 어떻게 그 공을 내가 받겠나. 모두가 노력한 것은 맞지만 이 영화의 주인은 자네일세."

"과찬이십니다."

"뭐 그렇다 하고. 영화는 완벽해. 더 할 것도, 덜어낼 것도 없어. 관객들이나 평단은 모르겠지만 우리 ATM 편집팀의 결론은 이걸세. '완벽한 영화다.' 끝."

말을 마친 안토니가 엄지를 치켜세우자 편집팀이 긴 박수를 쳤다.

"수고했네. 벌써 내년 영화제들이 기대되는군. 아마 곰과 사자, 그리고 종려나무 중 하나는 자네 손에 들려 있을 걸세."

황금곰상과 황금사자상, 그리고 황금종려상. 베니스와 베를린, 그리고 칸 영화제에서 올해 최고의 작품에 선사하는 상들이다.

"그랬으면 좋겠습니다."

"아니, 내 단언하지. 셋 중 하나, 특히 칸은 자네를 반기다 못해 모셔 가려 난리를 칠 거야. 내기라도 할 텐가?"

강찬이 고개를 젓자 안토니는 다른 스태프들을 바라보았다. '자네들은 어떤가?' 하는 시선. 그 속에 답하는 이는 없었고 안토니가 말을 마쳤다.

"이상일세."

안토니를 필두로 다른 헤드 스태프들의 소감이 이어졌다.

"저도 안토니 말에 동의합니다. 제가 촬영감독인 만큼 촬영이 어떻게 되었는지를 중점으로 보게 됩니다. 그리고 촬영감독의 시선에서 이 영화는 완벽했습니다. 더 이상 뭐라 첨언하는 게 멍청한 짓이라는 생각이 들 정도로요."

촬영감독이 말을 마치자 조명, VFX, 시나리오 팀, 다들 짧게 한 마디씩 소감을 말했다.

"솔직히 할 말이 없습니다. 제 뒤에 분들도 그렇겠죠. 왜냐면 앞에서 할 말을 다 했으니까요. 완벽합니다. 좋은 점을 꼽으라면 밤새도록 이야기할 수 있습니다. 하지만 여기 계신 분들 모두 그런 생각을 하고 계실 테니 여기까지 하겠습니다."

칭찬 일색. 그중 가장 많이 나온 말은 '완벽하다'였다.

"태어나서 오늘처럼 완벽하다는 말을 많이 들은 날도 없을 겁니다. 다른 분들도 아니고 ATM 소속 최고의 전문가분들이 완벽하다고 말씀해주시니 자신감이 생깁니다. '진짜 이 영화는 완벽한 게 아닐까.' 하고 말입니다. 우리의 노력은 여기까지입니다. 이제 남은 것은 평단, 그리고 관객의 반응이겠죠. 그들 또한 여러분, 그리고 저처럼 완벽하다는 말을 해주었으면 좋겠네요. 오늘 수고하셨습니다. 그리고 1년간 수고 많으셨습니다. 감사합니다."

강찬이 깊게 허리 숙여 인사하자 박수 세례가 쏟아졌다. 인사를 마친 강찬은 함께 박수를 치고 그들의 수고에 감사하면서 인사를 나누었다.

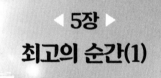

# 5장

## 최고의 순간(1)

"파라."

"네?"

"지금까지 했던 시사회 중에, 그러니까 전 세계 영화 역사를 통틀어서 말입니다. 가장 큰 규모가 몇 명이었습니까?"

"조사해 봐야 알겠지만 많아야 2~300으로 예상되어요. 영화관 규모라는 게 있으니까. 그리고 언론 시사회 같은 경우는 적당한 규모로 하는 경우가 많으니까요."

언론 시사회는 말 그대로 언론에 먼저 영화를 공개해 대중들의 관심을 이끄는 시사회다.

개봉 전, TV와 인터넷에서 트레일러 영상을 광고하듯 영화에 대한 홍보를 할 수 있는 자리.

"최대한 크게 해보려 합니다. 어떻게 생각하십니까?"

강찬의 물음에 파라는 진지한 표정이 되었다.

큰 규모의 언론 시사회라. 강찬의 작품에 전 세계가 집중하고 있는 지금, 규모가 큰 시사회를 하는 것만으로도 이목을 집중시킬 수 있을 것이었다.

"나쁘지 않…… 아니, 좋아요. 규모는 어느 정도로요?"

"2주 뒤로 언론 시사회 일정 발표하고 참가 받아보고 전부 수용할 수 있는 규모로 하는 건 어떻습니까?"

"잠시만요."

파라는 노트북을 끌어다가 몇 가지 검색을 해보곤 고개를 끄덕이며 말했다.

"인원수는 상관없어요. 대형 연회장이나 홀을 빌리면 2~3천 명까지는 수용 가능할 테니까요. 문제는 음질과 화질, 그리고 관객들이 집중할 수 있는 환경을 만들 수 있느냐인데. 그게 가능할까요?"

파라의 전공은 AD, 광고 분야였기에 기획은 기가 막히게 할 수 있어도 그것을 실행시키는 것은 또 다른 문제였다. 그랬기에 강찬에게 물었고 그는 씩 미소를 지었다.

"촬영 단지 메인 홀 있지 않습니까. 그걸 개조하는 건 어떻습니까? 지금부터 시작하면 어지간한 극장급 퀄리티는 뽑을 수 있을 겁니다. 3층까지 전부 개조한다 치면 파라의 말대로

2~3천 명도 가능할 거고."

"그런 방법이 있었네요. 오늘 업체 구하고 내일부터 공사 들어간다 치면…… 2주 안으로 가능할 거고."

파라는 노트북 위로 손톱을 톡톡 치며 계산에 들어갔다. 언론 시사회 일정을 공지하고 극장 공사에 들어간다. 참가자를 받고 선별하고 완벽한 환경까지 만들고 커리큘럼을 짜려면.

"20일. 오늘이 12월 3일이니까 크리스마스 전. 12월 23일에 언론 시사회. 어떠세요?"

파라가 날짜를 정했다는 것은 천재지변이 나지 않는 이상 그 안에 모든 일을 끝낼 수 있다는 뜻이다.

"한 사흘만 더 줄이죠. 개봉이 1월 10일 전후인데 언론 시사회가 너무 늦습니다."

"이틀. 21일. 진행해 봐야 알겠지만, 맥시멈이 이틀이에요. 리허설도 해봐야 하고. 언론 시사회 진행 도중에 변수가 생기는 것보단 완벽한 게 낫지 않을까요?"

"오케이. 그럼 21일로 진행합시다."

콜 사인이 떨어지자 파라는 곧바로 자리에서 일어섰다. 이미 그녀의 머릿속에는 계획의 시작부터 끝까지 완성되어 있는 상황.

지체할 이유가 없었다.

‘THE MICHAEL’에는 20명이 넘는 할리우드 스타들이 출연했다. 강찬은 그들을 두셋씩 짝지어 전 세계로 보냈다.

전 세계로 날아간 스타들은 각지의 TV 쇼에 출연하며 영화를 홍보했고 그중 배우 세 사람 여진주와 송인섭, 헨리 카빌이 한국에 방문했다.

“오늘 연예 섹션에는 영화 ‘THE MICHAEL’의 주인공 헨리 카빌, 그리고 감초 역의 여진주 양과 송인섭 씨를 모셨습니다.”

캐스터의 소개와 함께 헨리 카빌이 제일 먼저 인사를 건넸다.

“안녕하세요.”

“와아아아!!”

“잘생겼다!”

다섯 글자의 짧은 단어였지만 환호성이 엄청났다. 잘 생기고 몸도 좋은 데다 연기까지 잘하는 헨리 카빌이 한국어로 말했기 때문.

“오랜만에 뵙습니다. ‘THE MICHAEL’로 돌아온 배우 송인섭입니다.”

“안녕하세요. ‘THE MICHAEL’에서 진주 역을 맡게 된 배우, 여진주예요.”

두 사람의 인사에 헨리 카빌 때보다 더 큰 환호와 함성이 쏟아졌다.

한국에서의 인지도는 거의 없는 수준의 헨리 카빌이었지만, 강찬의 영화에 주인공으로 출연했다는 사실만으로 팬들이 생겨났고 곧 그의 연기 경력이 알려지며 팬클럽이 만들어졌다.

하지만 한국인이자 한국에서 꾸준히 활약해온 여진주와 송인섭에 비할 바는 되지 못했다.

"반갑습니다! 이렇게 세 배우분을 모시게 되어 영광이네요. 헨리는 한국이 처음이죠? 어땠나요?"

"너무 많은 팬 여러분이 함께해 주셔서 정말 감동받았습니다. 제가 한국이라는 나라에서 이 정도로 인기가 있을 거라곤 상상도 못 했었거든요. 그리고 정말 많은 선물을 주셔서 너무 감사했습니다."

"헨리가 원래 활동하던 미국에서도 이 정도는 아니었나요?"

"미국에서도 많은 분께서 사랑해 주시긴 하지만 한국처럼 열정적으로 다가와 주시진 않거든요. 그래서 한국에 올 수 있게 기회를 주신 강찬 감독님께 감사드리고 있습니다."

감사하다는 말이 주가 되는 인터뷰였지만 그의 표정과 행동에서 진심이 느껴졌다.

"헨리는 참 겸손하네요. 이번 작품에서 한국인 두 분과 호흡을 맞추었는데. 어땠어요?"

"두 분이 없었다면 정말 힘들었을 겁니다. 이번 'THE MICHAEL'에 참가한 배우분들은 대부분 경력이 아주 화려한 분들이었습니다. 그렇다 보니 조금 어색한 부분이 있었는데 그걸 채워준 사람이 이 두 배우였습니다."

"채워주었다고요?"

"예, 대본 리딩 때부터 함께 다녔는데 영화가 끝날 때까지 함께 다니게 되었습니다. 덕분에 심리적 안정을 찾을 수 있었고 연기를 하는 데 굉장히 많은 도움이 되었습니다."

헨리의 말에 캐스터가 여진주와 송인섭을 바라보며 물었다.

"헨리가 두 분을 정말 좋아하는 것 같네요. 진주 배우도 그런가요?"

"그럼요. 제가 외동인데 이번 작품을 찍으면서 친오빠가 생긴 기분이라 너무 좋았어요."

"인섭 배우는요?"

"저는 별로였습니다."

"예?"

"헨리가 워낙 잘 생겨야죠. 저도 한 얼굴 한다고 생각했는데 화면에 같이 잡히기만 하면 제가 오징어가 돼서 말입니다. 게다가 어깨는 좀 넓습니까?"

그의 농담에 헨리는 어깨를 으쓱이며 송인섭의 어깨에 손을 얹었다.

"그래서 이번 촬영 끝나고 같이 운동하기로 했습니다."

"내가 언제?"

"송, 저번에 기억 안 납니까? 감독님과 함께 영화를 볼 때, 잔뜩 취해서 그러지 않았습니까?"

이야기를 나누는 것이었지만 세 사람은 마치 세 남매처럼 자연스럽고 편한 분위기를 연출하고 있었다.

"촬영 기간 동안 정말 친해지신 모양이네요. 원래 힘든 일을 같이 겪으면 겪을수록 친해진다고 하던데. 많이 힘드셨나 봐요?"

캐스터의 물음에 세 사람은 누가 시키기라도 한 것처럼 동시에 고개를 끄덕였다.

"힘들었죠."

"완벽한 장면을 찍는다는 건…… 정말 힘든 작업이었습니다."

"전 재미있었습니다."

같이 고개를 끄덕인 주제에 송인섭 홀로 재미있다며 발을 뺐다. 다시 한번 웃음이 터지자 송인섭이 눈썹을 찡긋하며 말을 이었다.

"그렇지 않아? 나는 너무 즐거웠는데."

"힘들지만 그만큼 즐거웠기에 버틸 수 있었습니다."

"당연히 즐거웠죠."

송인섭의 말에 두 사람이 첨언했고 캐스터는 하하, 하고 웃으며 물었다.

"강 감독님이 정말 무서운 분이신가 봐요. 여기 계시지도 않은데 이렇게까지 하시는 걸 보면. 그건 그렇고 강 감독님과 함께 영화를 본 건 어떤 건가요?"

"아, 혹시 ATM 촬영센터가 생긴 건 아십니까?"

"그럼요. 이번 'THE MICHAEL'의 90% 이상이 그곳에서 촬영되었다고 기사까지 났는걸요."

송인섭이 '강찬 무비 클럽'에 대해 설명하며 대화를 이어갔고 자연스럽게 다른 주제로 넘어가며 인터뷰가 이어졌다.

"전 세계가 세 분에게 주목하는 만큼 이번 영화의 감독이신 강찬 감독님에게 가는 관심 또한 엄청난데요. 강 감독님은 어떤 분이신가요?"

캐스터는 송인섭을 바라보며 물었고 잠시 생각을 마친 그가 답했다.

"배우 일을 하다 보면, 아니 배우뿐만이 아니라 어떤 일이든 같을 것 같습니다. 어쨌든 자신을 알아주는 사람과 일하는 게 좋잖아요."

"그렇죠. 강찬 감독님이 그런 분이신가요? 배우를 알아주는 감독님?"

"예. 제가 어떤 강점이 있는지, 단점은 무엇인지, 어떤 연기를 할 때 가장 빛나고 또 어떤 연기까지 소화할 수 있을지를 아주 잘 파악하는 감독님이세요. 그러다 보니 믿을 수 있고 감독과 배우의 신뢰, 나아가 스태프들까지 감독님을 신뢰하니 영화가 잘 나올 수밖에 없죠."

송인섭의 말에 여진주와 헨리의 고개가 자연스레 끄덕여졌다. 두 사람 또한 촬영 기간 동안 같은 것을 느꼈었기 때문이었다.

"다른 두 분도 고개를 끄덕이시는 것 보니까 배우분들이 강찬 감독님을 얼마나 신뢰하고 계신지를 알 수 있네요. 그리고 무엇보다 이야기를 듣다 보니 이번에 뵙지 못한 게 너무나 아쉽네요."

"아마 강찬 감독님이 제일 아쉬워하실 겁니다. 항상 한국을 그리워하시거든요."

"시사회를 준비하시느라 못 오셨다고 들었는데. 맞나요?"

"예, ATM 촬영 단지의 공개 겸 언론 시사회를 진행한다고 들었어요."

"그렇군요. 강찬 감독님이 직접 언론 시사회를 주관하시는 건가요?"

강찬의 이야기가 나오자 기다렸다는 듯 캐스터의 질문이 쏟아졌다. 이번 인터뷰의 주인공은 세 배우였지만 캐스터 그리고 관객들의 관심은 이곳에 있지도 않은 강찬에게로 옮겨가 있었다.

"예, ATM이 설립된 이후 처음으로 직접 제작하는 영화인만큼 강찬 감독님도 열성을 다하고 계십니다."

그럼에도 송인섭은 기분 나쁜 티를 내거나 하지 않고 오히려 강찬에 대한 이야기를 풀며 자연스럽게 인터뷰를 진행해나갔다.

한때 예능신의 가호를 받는다는 말을 들을 정도로 감이 넘쳤던 사람이 바로 송인섭이었다.

그는 대중이 원하는 것을 알았고 그렇기에 영화판과 드라마, 예능을 오가며 장수를 할 수 있었다.

"강 감독님과 여진주 배우, 그리고 송인섭 배우는 전부터 인연이 있다고 하시던데. 어떤 인연인가요?"

"그 이야기는 진주가 먼저 해야겠네요. 진주야. 강찬 감독님이 네 학교 정문으로 꽃 들고 찾아온 이야기부터 시작하면 될 거 같은데."

"꽃을요?"

캐스터가 눈을 동그랗게 뜨며 묻자 여진주가 이야기를 시작했다. 여진주와 송인섭, 헨리 카빌은 인터뷰임에도 예능처럼 대화를 주고받았고 관객석에서는 웃음이 끊이질 않았다.

그렇게 한 시간여의 촬영이 끝난 뒤.

적당한 MSG와 맥을 짚는 인터뷰는 '어지간한 토크쇼보다 재미있었다'라는 평을 들었고 대한민국뿐만 아닌, 다른 나라의 팬들이 찾아볼 정도로 입소문을 타게 되었다.

이 세 사람뿐만 아니라 다른 지역에 홍보를 나간 배우들 또한 마찬가지. 수많은 방송 출연 경험을 살려 인터뷰를 진행해 나갔고 전 세계인들의 머릿속에는 'THE MICHAEL'에 대한 기대감이 쌓여가기 시작했다.

2012년 12월 19일.

검은 몸체 위로 붉은 컨버터블을 얹은 스포츠카 한 대가 ATM 촬영 단지의 주차장으로 들어왔다.

그르륵, 하는 짐승의 울음소리와 같은 엔진 소리가 멈추고 차에서 내린 이는 강찬.

돈을 쓰기로 마음먹은 그가 제일 먼저 산 것은 드림카였다.

누구나 마음 한구석에 품고 있는 드림카에 대한 열망, 멀게만 느껴졌던 것은 강찬이 한 걸음을 내딛는 순간 손에 쥘 수 있었다.

"멋지네."

차에서 내린 강찬은 차체를 바라보며 함박웃음을 지었다. 돌아오기 전부터 한 번 타보는 게 소원이었던 컨티넨탈 GT 컨버터블은 타고 내릴 때마다 강찬을 기분 좋게 만들었다.

그렇게 잠시 차를 감상하고 있을 때, 밴 한 대가 들어와 그의 옆에 섰다. 곧 밴의 문이 열리며 내린 사람은 파라 그레인져였다.

"파라, 오셨습니까?"

"네. 또 차 구경하고 계셨어요?"

"첫 차다 보니 애착이 가네요."

"하긴, 저라도 그 차를 첫 차로 사면 똑같을 거 같네요."

차라고는 작은 것과 큰 것. 두 가지로만 보는 그녀의 눈에도 강찬의 차는 멋졌다. 그렇기에 애착 또한 이해가 되었고.

"그럼 들어가죠."

"네."

차에 대한 시선을 거둔 두 사람이 ATM 촬영 단지 내로 걸음을 옮겼다. 이제 언론 시사회 행사까지 남은 시간은 나흘.

ATM 촬영 단지 안에서는 인부들이 돌아다니며 마무리 작업에 한창이었다.

외관상 보이는 것으로는 이대로 언론에 공개된다 하더라도 괜찮을 수준. 강찬이 파라에게 물었다.

"진행 상황은 어떻습니까?"

"99%요."

"나머지 1%는 뭐죠?"

"우리 보스가 워낙 깐깐해서 말이죠. 보스한테 검수를 받아야 100%가 되거든요."

그녀의 보스, 강찬은 씩 웃으며 답했다.

"그럼 나머지 1%를 채워봅시다."

ATM 촬영 단지의 메인 홀.

흡사 강당 같은 구조였던 건물은 외관부터가 완전히 바뀌어 있었다. 딱 보아도 '고급스럽다'라는 말이 나올 정도로.

"저거 외벽, 다 대리석입니까?"

"싹 대리석으로 하려고 했는데 그러면 위험하기도 하고 기간도 오래 걸린다고 해서 최대한 비슷하게만 했어요. 보스 눈에도 대리석으로 보이는 걸 보면 다른 사람 눈은 걱정 안 해도 되겠는걸요."

외벽만 봐서는 고대 그리스의 건축물 같았다. 새하얀 대리석이 외벽을 감싸고 있었으며 요소요소에 배치된 대리석들이 고급스러움을 더했다.

"대단합니다."

"내부 보시면 더 놀라실 거예요."

"기대하겠습니다."

파라는 어깨를 으쓱이며 자신감을 내비쳤고 강찬은 놀람을 숨기지 않았다. 메인 홀에 들어서자 외벽과 같은 대리석이 두 사람을 맞이했다.

도대체 얼마를 썼기에 이 정도의 퀄리티를, 이런 단기간 안에 뽑아냈을까 하는 생각과 함께 파라의 처리 능력에 대한 순수한 감탄이 터져 나왔다.

"파라, 건축 쪽에도 조예가 있습니까?"

"아뇨, 사람을 구하는 쪽에 조예가 깊죠. 그리고 마르지 않는 돈의 샘을 가진 보스도 모시고 있고요."

"뒤가 포인트군요."

"그렇죠."

파라의 자신감은 확실한 근거가 있었다. 강찬 자신이라도 3주 만에 이 정도를 했다면 뿌듯함에 일주일은 가슴을 쭉 펴고 다닐 터.

"어때요? 100%인가요?"

"아직 99.9%입니다. 마지막 0.1%는 리허설을 진행해 보고 말씀드리죠."

"오케이, 바로 준비할게요."

홀의 내부는 마치 오페라극장처럼 꾸며져 있었다. 어느 각도에서도 편하게 영화를 볼 수 있도록 좌석이 배치되어 있었으며 2층과 3층에서 또한 잘 볼 수 있도록 거대한 스크린이 3층 벽 전체를 채우고 있었다.

"일단 영상 체크부터."

"네, 테스트 영상 플레이."

그녀의 목소리와 함께 테스트 영상이 스크린 위로 재생되었다. 테스트 영상은 강찬의 첫 영화, '우리들'이었다.

어이가 없어 헛웃음을 흘리던 것도 잠시, 강찬은 1층부터 3층까지 자리를 돌아다니며 모든 각도에서 스크린을 체크했다.

파라는 걱정 반, 자신감 반이 차 있는 얼굴로 강찬의 뒤를 쫓아다녔고 그렇게 거의 30분 동안 모든 자리를 체크했을 때.

"오케이, 컷. 어디서 봐도 좋습니다."

"휴. 다행이네요."

"파라가 직접 체크한 겁니까? 이대로 극장으로 써도 되겠는데요."

"몇 년 동안은 쓸 수 있을 정도로 만들었어요. 극장이라는 게 구조 자체는 단순해서 생각보다 공사가 쉽다고 하더라고요."

돈이야 엄청나게 깨졌겠지만, 결과물이 이 정도라면 아까울 게 없었다. 이어서 오디오 테스트와 조명 테스트까지 마친 강찬은 파라에게 말했다.

"99.99%입니다."

당연히 100%라 생각했던 파라는 0.01%의 오차도 용서하지 못하겠다는 투로 물어왔다.

"왜요?"

"상영기 바로 오른쪽에 있는 스피커의 소리가 다른 것보다 작습니다. 접지 문제인지 세팅 문제인지까지는 모르겠습니다만. 한 번 체크하면 바로 고칠 수 있을 겁니다."

"……그게 여기서 들려요?"

강찬이 말한 스피커와 두 사람은 적어도 20m는 떨어져 있었다. 파라가 믿지 못하겠다는 듯 묻자 강찬이 씩 미소를 지으며 말했다.

"사실 아까 저 옆에 지나갈 때 캐치한 겁니다."

"근데 왜 이제 말하세요?"

"멋있어 보이지 않았습니까?"

"하."

"저것만 고치면 100%입니다. 아니, 200%. 제가 생각했던 것보다 완벽하게 마쳐주셨습니다."

"200%라…… 보스한테 들은 칭찬 중에 가장 후한 것 같은데요? 감사해요. 바로 조치할게요."

"고생하셨습니다."

강찬의 악수를 받은 파라는 씩 미소를 지으며 마주 잡은 손을 흔들었다.

2012년 12월 21일.

'THE MICHAEL' 언론 시사회 당일. 언론 시사회에 초대받은 기자와 평론가들이 속속들이 LA 공항에 발을 들이기 시작했다.

그중에는 영화 전문지 셀파토먼트의 중견 기자, 제라르도 있었다.

LA 공항에 도착한 그는 자신을 기다리고 있는 셔틀버스들을 발견하고선 짧은 감탄을 토해냈다.

"호."

버스의 옆면에는 ATM의 로고가 적혀 있었으며 스태프들이

나와 기자들을 맞이했다.

ATM의 로고가 새겨진 셔틀버스들은 쉴 새 없이 움직이며 기자와 평론가들을 실어 나르고 있었다.

"도대체 돈을 얼마나 쓴 거야?"

놀람은 여기서 그치지 않았다.

거짓말 좀 보태 공항을 나온 사람 중 절반은 셔틀버스에 오르고 있었다. 제라르가 서서 본 것만 하더라도 몇십 명가량.

10분도 되지 않는 시간에 이만큼이 움직였다는 것은 배 이상의 사람들이 'THE MICHAEL' 시사회를 위해 LA로 오고 있다는 뜻이었다.

"사상 최대 규모라고는 했다만."

기껏해야 2~300명 정도 예상했던 것과 달리 천 단위 이상이 될지도 모르겠다는 생각이 들었다.

인파를 구경하던 제라르는 사진을 몇 장 찍고서는 버스에 올랐다. 그곳에서 제라르는 반가운 얼굴을 발견하곤 인사를 건넸다.

"로번."

"제라르? 자네도 왔군."

"초청받았지. 옆자리 비었나?"

"그럼, 앉게."

로번의 옆자리에 앉은 제라르는 계속해서 들어오는 버스들을 바라보며 로번에게 말했다.

"도대체 몇 명이나 초청한 거지? 혹시 들은 거 있나?"

"관계자들한테 듣기론 이천 명을 넘게 초대했다고 하더군. 마케팅용으로 하는 말인 줄 알았는데…… 진짜일지도 모르겠어."

"이천이라…… 영화를 제대로 볼 수나 있을지 모르겠군."

이천 명에 가까운, 혹은 넘는 사람들이 한 곳에 모여 영화를 본다니. 영화에 집중이 될 수 있을까 하는 걱정이 먼저 들었다.

그것도 잠시.

자신이 걱정할 사항은 아니었다. 제라르가 할 일은 영화를 보고 객관적인 정보를 관객들에게 전달하는 것뿐.

"강찬 감독의 영화를 세계에서 제일 먼저 볼 기회잖나. 나는 이렇게라도 볼 수 있어서 다행이라고 생각하는데."

"그건 그렇지."

두 사람이 걱정과 기대가 담긴 대화를 나누는 사이 버스는 출발했고 30분가량을 달려 ATM 촬영 단지에 도착했다.

그들은 수많은 인파에 섞여 시사회가 진행될 메인 홀로 걸음을 옮겼고 이내 고개를 끄덕였다.

"……괜한 걱정이었군."

"음."

미리 들은 대로 극장은 어지간한 콘서트홀의 규모를 자랑하고 있었다. 새하얀 대리석으로 꾸며진 실내는 영화 극장이라기보다는 오케스트라 공연장이 더 어울릴 정도로 고급스러웠다.

설치된 장비들 또한 이름만 말해도 알 수 있을 정도의 고가 장비들. 관객들이 앉을 시트 또한 편하게 그지없었다.

수많은 사람이 시설에 놀라고 있을 때, 강찬은 시사회 전 마지막 점검을 하고 있었다.

"빼먹은 거 없겠죠."

"네 번 확인했습니다. 올 스탠바이에요. 감독님이 올라가셔서 마이크만 잡으시면 10초 안에 시작 가능합니다."

"오케이. 그럼 마지막으로 한 번만 더 체크하겠습니다."

"넵."

영원히 오지 않을 것 같던 마지막이라는 말에 오늘 시사회의 메인 PD를 맡은 솔레니의 안색이 환해졌다.

"전 잠시 바깥 상황 좀 보고 오겠습니다."

"네, 다녀오십시오. 5분 안에 마지막 체크 끝내놓겠습니다."

"시간은 많으니까 천천히, 대신 꼼꼼히 부탁드립니다."

"맡겨만 주십시오."

백스테이지를 나온 강찬은 무대 뒤에 서서 관객석을 바라보았다. 1층 1,000석, 2층 700석, 3층 400석, VIP석 100석까지 도합 2,200석 중 빈 자리가 보이지 않을 정도로 많은 사람이 들어차 있었다.

언론 시사회 시작까지 남은 시간은 30여 분. 관객들을 바라본 강찬은 다시 백스테이지로 내려와 대본을 보았다. 대본을 보길 10분여, 투피스 정장을 차려입은 안민영이 강찬의 대기실로 들어왔다.

"강 감독."

"안 PD님 오셨어요?"

"응. 대본 보고 있었어?"

"네."

강찬이 대본을 내려놓자 안민영이 그의 앞에 앉으며 말했다.

"누가 보면 강 감독이 콘서트라도 하는 줄 알겠어. 2,000석 넘게 한다고 해서 다 안 차면 어쩔까 걱정했는데 괜한 기우였네."

"저도 다 찰 줄은 몰랐네요."

"셔틀버스만 100대 넘게 운영했다며. 주변 주차장까지 싹 빌리고."

"예."

"돈 엄청 깨졌겠는데."

"벌 게 더 많아서 괜찮아요."

능글맞은 대답에 안민영은 헛웃음을 흘렸다. 분명 재수 없는 말인데 맞는 말이라 반박할 수도 없었다.

"강 감독, 긴장했어?"

"그렇게 보여요?"

"응, 얼굴은 평소대론데 다리 떨고 있잖아."

"그러네요."

강찬은 자신도 몰랐던 버릇을 발견하곤 다리 떠는 것을 멈추었다. 그러자 그의 얼굴이 굳었다.

"강 감독 긴장하면 다리 떨잖아. 그거 멈추면 얼굴에 긴장한 거 보이니까 차라리 다리를 떨어."

강찬과 몇 년간 함께해 온 그녀였기에 알 수 있는 차이였다. 안민영의 말에 강찬은 미소를 짓고선 다시 다리를 떨기 시작했다.

"저번 작품 할 때는 하나도 긴장 안 하더니 왜 그래? 내부 시사회 반응도 엄청 좋았잖아."

"저번까진 남의 작품을 한다는 생각이 없잖아 있었거든요."

"세상 모든 영화감독이 그러지 않아? 그걸 남의 작품이라고 부르진 않잖아."

"제가 하고 싶은 영화라기보다는 제가 뜨기 위해서, 말하자면 수단보단 목적이 우선이 된 작품들이었으니까요."

"이번 작품은 강 감독이 오롯이 하고 싶었던 작품이고?"

"네, 그리고 ATM 단독 제작이기도 하고요."

영화감독 강찬, 그리고 ATM의 수장인 강찬. 두 사람의 커리어가 정점에 달한 지금. 새롭게 내놓는 작품인 'THE MICHAEL'이 가진 의미는 거대함 그 이상이었다.

"너무 걱정하지 마. 혹시라도 이번 거 망하면 다음 거 하면 되지."

"……참 위로가 되는 말씀이십니다."

"그치?"

"아뇨, 그냥 나가계시는 게 더 도움 될 것 같은데요."

"그럴 순 없지."

안민영은 가방을 뒤적거리더니 자신의 주먹 크기의 상자 하나를 꺼냈다.

"선물."

"갑자기요?"

"강 감독 손이 좀 허전해 보여서. 이제는 차도 사고 하는 것 보니까 남들 앞에 설 일 많을 텐데 그럴 때 필요한 거야."

그녀의 말을 들으며 포장을 뜯고 열어보자 왕관이 새겨진 초록색 상자가 모습을 드러냈다.

시계에 관심이 있는 사람이라면 모를 수 없는 왕관 로고.

"와, 설마."

"얼른 열어봐."

상자를 열자 초록색 천으로 덮여 있는 시계가 모습을 드러냈다. 금빛 외관과 블랙 다이얼을 가진 시계는 초라한 형광등 불빛 아래서도 찬란히 빛났다.

"와, 이거 엄청 비싸지 않아요?"

"벌 게 더 많아서 괜찮아."

강찬의 말을 인용한 안민영은 강찬이 시계를 찰 때까지 천천히 기다렸다가 말했다.

"잘 어울리네."

"묵직하네요. 차고 다니다가 손목 부러지겠어요."

"돈의 무게라고 생각해."

"하하, 네. 감사합니다."

시계를 바라보며 문질러본 강찬은 만족스러운 미소를 지은 채 안민영에게 감사 인사를 표했다.

'주변도 둘러봐야겠어.'

안민영과 서대호 그리고 윤가람과 등등. 한국에서부터 지금까지 자신과 함께해 온 이들에게 소홀하지 않았나 하는 생각이 문득 들었다.

월급을 주고 노동력을 제공하는 지배인과 피지배인이 아닌 지인으로 그들을 챙긴 게 언제였던가.

잠시 생각하던 강찬은 안민영과 눈을 맞추었다.

"진짜 감사해요."

"뭘. 맞다, 강 감독 기억하지?"

"네?"

"한 달 뒤에 내 생일이다."

"당연히 하고 있죠. 선물도 기대하세요."

안민영과 대화를 나누는 사이, 시간은 흘러 스탠바이 시간이 다가왔음을 스태프가 알렸다.

"감독님, 스탠바이 부탁드립니다."

"네."

"오케이! 그럼 줄 것도 줬겠다. VIP석에서 잘 보고 있을게. 파이팅!"

"넵."

안민영과 스태프가 나간 뒤, 강찬은 다리를 떠는 게 멈추었음을 발견했다.

그녀와 잠시 대화를 나눈 것만으로 어느 정도 긴장이 완화된 것이다.

"또 해보자."

거울을 보며 자신의 뺨을 툭툭 두들긴 강찬은 대기실을 나서서 무대로 향했다.

2,000명이 넘게 모여 있는 장소였지만 숨소리조차 들리지 않을 정도의 적막이 찾아들었다. 그것도 잠시.

"반갑습니다. 영화감독 강찬입니다."

강찬이 무대에 오르자 뜨거운 함성과 박수갈채가 쏟아졌다. 강찬은 짧게 인사를 마친 뒤 준비된 단상에 올랐다.

"일단 저의 영화 'THE MICHAEL'의 언론 시사회에 찾아주신 2,178분의 귀빈 여러분께 감사의 인사를 올립니다. 두바이에서 14시간 동안 비행기를 타고 오신 분도 계신다고 들었습니다. 혹시 자리에 계신다면 손 한 번 들어주실 수 있으십니까?"

강찬의 물음에 흑인 여성 한 명이 손을 들었다. 그러자 핀포인트 조명이 그녀를 비추었고 강찬은 미소를 지으며 말했다.

"감사의 의미로 이번 'THE MICHAEL'의 감독판 DVD를 선물로 보내드리겠습니다. 그리고 LA와 두바이 왕복 항공권 또한 드리겠습니다. 이번 시사회에 참가해 주셔서 감사합니다."

강찬의 말에 흑인 여성은 환호를 질렀고 다른 이들은 축하와 부러움이 섞인 박수를 보냈다. 그와 동시에 관객들의 눈에는 기대가 서렸다.

이벤트 하나가 끝이 아닐 거라는 생각 때문이었다.

"그리고 이 자리에 참여하신 분 중 가장 나이가 많으신 분은…… 이런 안토니. 당신이군요. 축하드립니다. 오래오래 건강하시라는 의미로 최고급 홍삼진액 10kg을 증정해 드리겠습니다."

홍삼진액 10kg라는 말에 관객들은 웃음을 터뜨렸고 VIP석에 앉아 있던 안토니는 일어나서 과장된 몸짓으로 감사를 표했다.

"자, 마음 같아서는 몇 가지 이벤트를 더 하고 싶지만. 여기 계신 모든 분께서 기다리고 있는 메인 콘텐츠를 먼저 진행해야겠죠."

강찬이 짝, 하고 박수를 치자 스크린이 켜지며 'THE MICHAEL'의 제목이 떠올랐다.

"3억 달러에 가까운 제작비, 그리고 1년이라는 제작 기간. 할리우드에서는 흔한 일이죠. 하지만 ATM 최고의 인재들, 그리고 최고의 배우들과 저, 영화감독 강찬이 함께한 작품은 오로지 이 'THE MICHAEL'뿐입니다."

그의 말과 함께 'THE MICHAEL'의 로고가 뒤집히며 출연진과 제작진의 얼굴들이 스크린에 떠올랐다.

"지금껏 그래왔듯 많은 말은 하지 않겠습니다. 대신 보여드리겠습니다. 제가 여러분께 보여드리고 싶었던 것들을. 그리고 또다시 한번 미지와의 조우를 위해 어떤 것을 준비했는지요. 그럼 'THE MICHAEL' 시작하겠습니다."

말을 마친 강찬은 깊게 허리 숙여 인사한 뒤 단상에서 내려왔다. 긴 박수 속, 단상이 치워짐과 동시에 메인 홀의 조명이 완전히 꺼졌고 그 순간.

영화가 시작되었다.

영화가 끝난 뒤에도 관객들이 일어서지 않는 이유는 다양하다. 여운이 남았기 때문일 수도 있고 생각할 것이 있을 수도 있다.

혹은 오래 앉아 있어서 다리가 아플 수도 있고.

하나 요즘은 다르다.

다음 편을 예고하는 쿠키 영상이라는 새로운 재밋거리가 생겼기 때문이다.

'THE MICHAEL' 또한 같았다. 2개의 쿠키 영상이 있었고 다음 편을 위한 복선과 위트를 담고 있었다.

하지만 관객들은 기다리지 않았다.

주인공인 미카엘, 헨리 카빌의 뒷모습을 끝으로 영화의 러닝타임이 끝난 순간. 관객들은 박수를 치기 시작했다.

박수를 치던 사람들은 하나둘 자리에서 일어섰고 물결은 커져 모든 관객이 일어서서 박수를 쳤다.

그들의 박수는 쿠키 영상이 나오며 잦아들었고 언론 시사회에 참여한 이천여 명의 사람들은 박수를 치다만 채로 쿠키 영상을 관람하는 진풍경이 펼쳐졌다.

첫 번째 쿠키 영상이 끝나고 다시 박수가 시작될 무렵, 두 번째 쿠키 영상이 시작되었고 사람들은 결국 웃음을 터뜨리고 말았다.

웃음과 박수, 그리고 여운은 모든 엔딩 크레딧이 올라갈 때까지 이어졌다. 10분에 가까운 엔딩 크레딧이 끝난 후 강찬이 무대에 올랐다.

"쿠키 영상이 있다고 미리 말씀드릴 걸 그랬나 봅니다. 영화는 재미있게 보셨나요?"

그의 물음에 잦아들었던 박수와 환호가 다시금 이어졌고 강찬은 관객석을 바라보며 반응을 즐겼다.

"관객 여러분을 보고 있으니 제 가슴이 다 벅찹니다. 감사합니다. 이번 영화를 만들면서 많은 생각을 했습니다. 이게 맞는 길일까, 내가 하고 싶은 것일까, 나아가 관객 여러분들을 만족시켜 드릴 수 있을까 하는 고민까지. 괜한 고민이었나 봅니다. 다시 한번 감사드립니다."

관객들의 얼굴에는 만족이라는 두 글자가 가득 차 있었다. 영화를 보고 난 뒤, 영화가 재미없었다면 그랬기에 지루했다면, 관객들의 얼굴에는 여과 없이 떠오르기 마련이다.

자신들이 영화를 보고 있는 주체기에 다른 이가 자신의 얼굴을 보고 있다는 생각을 하지 않기 때문.

그렇기에 진실 된 표정이 드러나게 되는데 이번 언론 시사회에서는 눈을 씻고 찾아보아도 불만족스러운 표정을 한 관객을 찾을 수 없었다.

'성공이다.'

까다로운 입맛을 가진 이들을 만족시키는 데 성공했으니 개봉 후 관객들을 매료시키는 일은 더욱 쉬워질 터.

이곳에서 영화를 본 언론인들과 평론가들은 전 세계로 퍼져 나가 기사를 써 내려갈 것이고 대중들의 기대는 폭발할 것이 자명했다.

당장 오늘 저녁부터 기사가 올라올 것이고 수많은 팬이 여기저기로 퍼 나르며 강찬의 이름, 그리고 'THE MICHAEL'의 영상이 인터넷을 뜨겁게 달굴 것.

"후."

강찬은 마이크를 입에서 뗀 뒤 짧은 숨을 뱉었다. 처음 선보이는 자리였기에 그만큼 긴장을 했었다.

그랬기에 이토록 성공적인 반응은 더욱 큰 카타르시스를 주었다. 강찬은 떨려오는 눈꺼풀을 진정시키며 말을 이어갔다.

"저에게 묻고 싶은 것들이 많으실 겁니다. 저도 여러분께 드리고 싶은 말이 많고요. 그러니 바로 질의응답을 시작하겠습니다. 모여계신 분들이 워낙 많은 만큼 모든 분의 질문을 들을 순 없는 점을 양해 부탁드리겠습니다."

이천 명이 넘는 인원에게서 질문을 받고 대답하는 것만 하더라도 복잡다단한 일. 파라와 강찬은 그 해결책을 미리 구비해 두었다.

관객들에게 리모컨을 나누어 주었고 제일 먼저 버튼을 누른 사람의 번호가 스크린에 떠오른다.

대기 중인 스태프들은 마이크를 들고 있다가 스크린에 떠오른 번호의 관객에게 달려가 마이크를 건네주는 선착순의 방식.

정말 간단하지만 그만큼 효율적인 방법이었다.

진행요원이 방식을 설명하고 마이크를 전달하는 동안 강찬은 VIP석을 훑었다.

ATM의 임원진, 그리고 몇 되지 않는 투자자들이 앉아 있는 곳. 그곳에서 눈물을 흘리는 노인 한 명이 강찬의 눈에 들어왔다.

'안토니?'

생긴 것만 보자면 마피아 보스라고 해도 믿을 것 같은 양반이 어디서 난 건지 모를 실크 손수건으로 눈물을 훔치고 있었다.

강찬은 자신의 눈을 의심했지만, 확실히 안토니였고 그는 울고 있었다.

'맙소사.'

왜? 라는 의문과 안토니가 자신의 영화를 보고 눈물을 흘리고 있다는 감격, 두 가지 감정 중 어떤 것도 해소하지 못한 상태로 강찬은 마이크를 쥘 수밖에 없었다.

"첫 번째 질문자, 811번분."

"아, 안녕하십니까. 셀파토먼트의 제라르입니다."

"반갑습니다."

"일단 영화 잘 봤습니다. 감독님께서 말씀하신 '미지와의 조우'가 정말 잘 표현되어 있다고 생각합니다. 영화를 칭찬하는 건 여기 계신 분들 모두 같은 마음이실 테니 굳이 하지 않고 생략하겠습니다. 질문입니다. 영화 도중 미카엘의 그림자가 서서히 사라지는 신이 있었는데, 이건 연출된 겁니까? 연출되었다면 어떤 의도로 연출된 겁니까?"

"사실 그 장면은 의도된 게 아니었습니다. 명암 콘트라스트 조절의 실수로 인해 그림자가 사라졌었죠. 시작은 그랬습니다만. 보는 순간 어떤 아이디어가 떠올랐습니다. 미카엘이 마이클로 변해가는 과정을 그림자로 나타내는 것은 어떨까, 하는 생각이었습니다. 미카엘이 능력을 사용할 때마다 빛을 발하니 그림자가 없어진다는 것도 말이 되니까요."

"그럼 실수로 발생한 장면을 연출의 일부로 사용했다는 말씀이시군요."

"예. 마이클과 미카엘, 둘 다 한 사람이지만 마이클은 일반적인 삶을 살아가는 사람이고 미카엘은 히어로입니다. 둘의 차이는 단순히 외관의 변화가 아닌 내적인 변화 또한 포함해야 하고 그것을 잘 나타낼 수 있는 수단으로 그림자를 채택하게 된 겁니다."

만족스러운 대답이었는지 제라르는 고개를 끄덕이며 자리에 앉았고 다음 주자에게 마이크가 넘어갔다.

"안녕하세요, 밀렛의 말레나예요. 의도하지 않은 연출이지만 괜찮다 싶으면 사용하는, 즉흥적인 수정을 자주 하시는 편인가요?"

"그렇진 않습니다. 제가 촬영을 할 때는 머릿속으로 모든 장면을 구상한 뒤에 시작합니다. 거기서 한 치의 오차도 용납하지 못하는 편이죠. 그런 환경에서 열연을 펼쳐준 배우님들께 감사의 인사를 보냅니다. 이야기가 잠시 샜는데, 그런 편인지라 즉흥적인 수정은 정말 좋은 아이디어가 아닌 이상 하지 않습니다."

"그 '정말 좋은 아이디어'라는 판단은 감독님이 내리시는 건가요?"

"그렇습니다."

강찬의 대답을 기다렸다는 듯, 기자는 안경을 추어올리며 답했다.

"독선적이라는 생각이 드는데 현장에서의 반발은 없는 편인가요? 재촬영을 하거나 재편집을 해야 하는 상황이 있을 텐데요."

이런 사람은 어디든 꼭 있다. 좋은 말로는 비판적인 시선이고 나쁜 말로는 어떻게든 까내려 흠을 잡은 뒤 크게 부풀리려는 이들.

돌아오기 전부터 수도 없이 겪은 강찬이었기에 미소를 지으며 답했다.

"그게 문제가 됩니까?"

"……네?"

"재촬영, 재편집. 그게 문제가 되냐고 물어본 겁니다."

"당연히 문제가 되는 거 아닌가요? 재촬영을 하게 되면 그만큼 딜레이되기 마련이고 스태프들과 배우들은 원래 하려던 일을 할 수 없어지죠. 딜레이된 만큼 손해가 생기잖아요?"

"딜레이되는 만큼의 손해가 문제다. 그 말씀이십니까?"

"맞아요."

"그 딜레이되는 손해가 얼마인지, 그리고 제가 딜레이시켜 재탄생시켜 얻는 이득이 얼마인지 아십니까?"

"저야 모르죠."

말레나는 당당히 답했고 강찬은 헛웃음을 흘렸다. 어떻게 저렇게 당당할 수 있는 걸까. 이해할 수 없었지만, 또 다른 생각으론 이해할 수 있었다.

원래 저런 인간들이니.

"저는 영화 제작자이자 감독이며 시나리오 라이터이자 스크립터이고 스토리보드의 제작자입니다. 마지막으로 ATM의 보스죠. 그런 사람이 회사의 이익을 위해 내리는 결정은 보통 독선이라 부르지 않습니다. 결단 혹은 최선이라 부르죠."

"최선이요?"

"네. 보통 영화를 제작하는 데 있어 딜레이는 손해입니다. 투자자들이 손해를 보게 됩니다. 그런데 그 투자자도 저고 영화를 찍는 사람도 접니다. 자, 다시 질문드리겠습니다. 뭐가 문제입니까?"

말레나는 할 말이 없어졌는지 입술을 씹었다. 그러곤 무어라 말을 하려 할 때. 스태프가 그녀에게 다가가 '시간 다 되었다'라는 말과 함께 마이크를 회수해 갔다.

'나쁘진 않다.'

많은 사람이 영화감독 강찬은 알지만, ATM의 보스인 강찬은 알지 못한다. 강찬이 영화감독으로 이름을 알리긴 했지만, 그에 대해 찾아보는 이들은 정말 진성 팬들뿐이기 때문이다.

말레나라는 기자 외의 대화는 언론을 타고 이리저리 퍼질 것이고 더 많은 사람이 강찬에 대해 알게 될 것이다.

이번 기회에 ATM의 수장이라는 것을 알리는 것도 나쁘진 않은 상황.

"자, 다음 질문으로 넘어가기 전에. 분위기도 환기할 겸, 재미있는 영상들 보고 넘어가죠."

분위기가 가라앉았으니 이제는 띄워야 할 때. 강찬은 미리 준비해 두었던 메이킹 필름과 비하인드 컷을 조금씩 잘라 보여주었다.

지금껏 보지 못했던 배우들, 그리고 강찬이 촬영을 하는 모습이 담겨 있었고 회식을 하며 취한 모습까지 공개되자 다시 한번 분위기가 달아올랐다.

그뿐만 아니라 강찬은 준비해 둔 선물 몇 개를 풀며 더욱 분위기를 끌어올렸고 그의 노력 덕에 메인 홀은 영화가 끝났을 때처럼 열의로 가득 찼다.

"그럼 다시 질의응답 시작하겠습니다."

분위기를 확인한 강찬은 질의응답을 재개했고 그렇게 첫 번째 언론 시사회는 성공적으로 막을 내렸다.

언론 시사회 다음 날. ATM 대회의실. 30석이 넘는 회의실에는 파라와 강찬, 두 사람만이 앉아 있었다.

"시계 예쁘네요. 새로 사신 건가요?"

"선물 받았습니다."

"와우."

로고만 보더라도 몇만 달러는 상회할 것 같은 시계를 선물로 받다니. 부러운 것도 잠시 강찬이 벌어들이는 돈을 생각한 파라는 고개를 저으며 자신의 할 일에 집중했다.

"언론 시사회 이후, 오후 7시부터 오늘 아침 7시까지 집계된 기사만 4천 개가 넘어요. 참가한 기자들이 올린 기사부터 그 기사들에 대한 반응까지. 미국 포털만 집계한 게 이 정도니까 전 세계로 따지면 십 수배는 될 거로 보이고요."

"사천 개요."

"예, 오늘부터 개봉까지 3주가량 남았고 그동안은 이 열기가 계속 유지될 것으로 보여요. 그로 인한 광고 수익은…… 뭐 말할 것도 없죠. 우리가 이번에 언론 시사회 준비하면서 들어간 금액의 10배 이상으로 추산돼요."

사상 최대 규모로 언론 시사회를 진행한 것은 확실히 좋은 수였다. 12시간 만에 쏟아진 기사가 4천 개. 그것도 미국에서만이다.

이 정도라면 영화를 이슈화시키는 데는 더 이상 신경을 쓰지 않아도 될 터.

"덕분에 한 시름 놓았습니다."

"그리고 강 감독님이 말씀하신 '제가 사장입니다.'가 이슈가 되고 있어요."

"……어떻게 말입니까?"

파라는 자신의 앞에 놓여 있던 노트북을 휙 돌려 강찬에게 보여주었다. 거기엔 강찬이 다리를 꼬고 앉아 있는 사진이 있었고 아래 코멘트가 적혀 있었다.

-그래서 뭐? 내가 사장인데?

"이런 사진은 어디서 구한 건지……."

"이것 말고도 많아요."

언제 찍혔는지도 모를 강찬의 사진이 수두룩하게 검색되었다. 대부분이 딱 보아도 재수 없게 보이는 자세와 표정의 사진들.

"파파라치들 잘 피해서 다녔다고 생각했는데…… 참."

"피할 수 없으면 즐기시는 건 어때요?"

"말처럼 쉬우면 좋겠습니다. 대중 반응은 어떻습니까?"

"긍정적이에요. 여기 보면 '강 감독이 반응 잘했다.', '저 기자 좀 이상한 거 같다.', '재촬영, 재편집은 감독의 재량인데 왜 자기가 난리지?' 하는 리플들이 베스트고요."

"다행이네요."

"원래 호감 가는 사람은 뭘 해도 호감이 가잖아요? 그런 맥락으로 아닐까 싶어요."

"호감 가는 사람이라…… 제가 그런 이미지입니까?"

"영 앤 리치, 자수성가의 표본, 고독한 아티스트, 대중들이 좋아할 포인트는 다 가지고 계시니까요. 그 포인트로 마케팅한 것도 많고요."

대화가 주제를 벗어나는 것을 느낀 강찬은 그녀에게 노트북을 돌려주며 말했다.

"제가 알아야 할 다른 이슈는 없습니까?"

"남은 기간 동안 TV, 인터넷, 라디오, 신문. 이용할 수 있는 미디어는 전부 이용해서 광고 들어갈 예정이에요."

"좋습니다."

파라는 광고에 관한 몇 가지 사항에 대해 컨펌을 받고선 회의실을 떠났다.

이제 개봉까지 남은 것은 최대한 많이 알리는 것뿐. 하지만 그것은 강찬의 일이 아니었다. 이제 하나를 완성했으니 다음 영화를 위해 움직여야 할 차례.

"또 해보자."

기지개를 길게 편 강찬은 묵혀두었던 시나리오를 하나씩 살피기 시작했다.

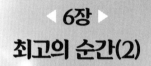

◀ 6장 ▶
# 최고의 순간(2)

2013년 1월 11일. 'THE MICHAEL'의 개봉 당일 아침 8시.

ATM 본사, 대회의실에는 임원진들이 모여 현황판을 보며 대화를 나누고 있었다.

"이건 욕먹어도 할 말 없겠는데요."

"욕먹어도 현지 배급사가 먹겠죠. 우리가 압박 넣은 것도 아니고, 만약에 압박 넣었다고 해서 움직일 회사들도 아니고요."

"그건 그렇지만."

85%

강찬의 영화 'THE MICHAEL'의 극장 점유율 수치였다.

그것도 전 세계 모든 극장의. 간단히 말하자면 10개의 관을 가진 극장 8개의 관에 강찬의 영화가 걸려 있다는 뜻.

영화 비수기라고도 불리는 연초였기에 강찬의 영화와 대적할 영화가 없는 것도 영향이 있긴 했지만 이건 심했다.

하지만 강찬은 개의치 않고 말했다.

"나쁠 건 없다고 봅니다. 영화가 대중의 입맛에 맞지 않는다면 자연스럽게 상영관이 줄어들 것이고 재미있다면 이대로 유지되겠죠. 재단은 어떻게 되어갑니까?"

"일단은 '문화기부' 쪽으로 콘셉트를 잡고 진행 중입니다. 일각에서는 '당장 먹고 살 걱정에 잠도 못 자는 사람들에게 무슨 문화냐'라는 비판이 있어서 식량을 함께 공급하고 있습니다."

먹고 죽을 쌀도 없는데 무슨 영화냐.

맞는 말이다. 2시간 동안 아무것도 하지 않고 앉아 영화를 감상하는 것은 당장 하루 벌어 하루 먹고 사는 이들에게는 사치로 보일 수도 있었다.

그렇다면 그들에게 영화를 보여주는 대가로 하루를 책임져 준다면?

"식량 공급은 어느 정도 선으로 이루어지고 있습니까?"

"1인당 식량 키트 하나씩입니다. 키트는 물과 건강식으로 이루어져 있고 사흘 정도 먹을 수 있는 양입니다."

"1인당 2개씩 공급하는 건 어떻습니까?"

"자금상은 가능하긴 합니다만 전문가들의 의견에 따라 1인 1키트를 유지하는 게 좋다고 합니다. 당장이야 좋은 반응을 얻을 수 있겠지만 우리가 언제까지고 공급할 수 있는 게 아니지 않습니까? 봉사와 기부의 최종적인 목표는 그들이 자생할 힘을 만들어주는 것이니까요."

담당자의 말에 강찬은 고개를 끄덕일 수밖에 없었다. 퍼주는 것이야 얼마든 할 수 있지만 그다음은?

계속해서 봉사 활동을 할 것이지만 한 지역만 계속해서 할 순 없는 노릇이다. 인력도 자원도 한정되어 있으니.

"그렇군요. 재단 쪽은 전문가분들에게 맡기는 게 낫겠습니다. 투명하게만 운영해주십시오."

"그건 걱정하지 않으셔도 됩니다."

재단에 대한 이야기가 끝나자 다른 보고들이 이어졌다.

"사전 예매와 당일 예매율은 70% 이상입니다. 오늘이 평일인 점, 그리고 내일부터 주말이 시작되는 것을 생각하면 예매율은 더 오를 것으로 보입니다. 별다른 문제 없이 진행된다면 10억 달러 이상의 수익은 가뿐할 것으로 예상됩니다."

10억 달러, 한국 돈으로 치자면 1조 원이 넘는 돈. 손익분기점이 3억 달러인데 3배 이상의 금액은 가뿐할 것으로 보이는 것이다.

"좋네요. 맥시멈은요?"

"만약 저번처럼 두 달 이상 1위를 달린다는 가정하에 20억 달러 정도를 맥시멈으로 보고 있습니다."

무려 두 배.

다크 유니버스를 흥행시키며 금전에 무감각해진 강찬이었지만 2조 원이라는 돈에는 동요할 수밖에 없었다.

"그 돈이면 ATM 제작부서 하나를 더 만들 수 있겠는데요."

"보스, 저번에 촬영 카메라가 더 좋았으면 하지 않으셨습니까? 이번 기회에 카메라 회사 하나 차리시는 것도 괜찮을 것 같습니다."

임원은 농담 삼아 던진 말이었지만 강찬의 귀에는 꽤 솔깃한 제안으로 들렸다. 단순히 영화를 촬영하는 것뿐만 아니라 주변 기기를 생산하고 발전시키는 것까지 주도할 수 있다면 영화산업의 전반적인 기반을 손에 쥐고 흔들 수 있을 터.

강찬이 진지하게 고민하자 임원진들의 미간에 주름이 생겼다. 젊은 보스의 추진력을 몸소 겪어 잘 아는 임원진들이었기에 강찬이 또 무슨 일을 벌일지 걱정이 앞섰기 때문.

"설마 진짜로……."

"나쁘지 않을 것 같아서 말입니다. 촬영 카메라뿐만이 아니라 조명이나 주변 기기들을 다루는 회사들 있지 않습니까. 그쪽에 돈을 투자하고 최신 기기를 먼저 받아 사용할 수 있다면 영화의 질이 올라갈 테니까요."

"아아, 투자요."

회사를 사거나 차리는 게 아니라 '투자'라면 언제든 환영이었다.

"일단 영화가 흥행하는 게 우선이죠. 우리가 할 수 있는 건 다 했습니다. 물론 계속해서 기사 내고 댓글을 쓰면서 반응 유도를 하긴 해야겠습니다만. 대부분은 관객들에게 달려 있죠."

강찬의 주도하에 회의가 진행되었다. 대부분이 현지 반응에 대한 보고였기에 회의는 일찍 끝났고 마무리 전. 강찬이 준비해 두었던 서류가방을 테이블 위로 올리며 말했다.

"1년간 수고 많으셨습니다."

"보스가 제일 많이 수고했죠."

"고생했습니다."

공치사가 오갈 때 빠질 수 없는 것, 강찬은 미리 준비해 둔 봉투를 꺼내 한 명씩 한 명씩 건넸다. 임원진들은 상상도 못하고 있었는지 얼빠진 표정으로 봉투를 나누어주는 강찬을 바라보았다.

"상여금입니다. 매번 현장 직원분들만 챙기고 뒤에서 고생하시는 임원진 여러분은 못 챙긴 것 같아서 말입니다. 다른 선물로 드릴까 하다가 이런 것도 나쁘지 않을 것 같아서 준비했는데 마음에 드셨으면 좋겠습니다."

수십만 달러의 연봉을 받는 그들이었지만 이렇게 봉투로 상여금을 받는 것은 오랜만이었다.

임원진들이 당황한 얼굴로 자신의 앞에 놓인 봉투를 바라보고 있을 때.

안민영이 제일 먼저 봉투를 열어보았다. 그러곤 수표에 적힌 액수를 바라보더니 억, 하는 소리를 내며 눈을 동그랗게 떴다.

그녀의 반응에 궁금해진 임원진들은 하나둘씩 헛기침을 하며 봉투를 열어보았고 이내 다들 토끼 눈이 되어 강찬과 봉투를 번갈아 보았다.

"마음에 드십니까?"

"들다마다요."

다들 자리가 자리인지라 대놓고 좋은 티를 내진 않았지만, 입꼬리가 씰룩이는 것이 만족스러운 모양이었다.

"모든 분께서 각자의 자리에서 노력해 주신 덕에 ATM이 성장하고 영화가 잘 될 수 있는 것이라 생각합니다. 이번 상여금은 그것에 대한 감사의 표시고 말입니다. 앞으로도 잘 부탁드리겠습니다."

인사를 끝으로 회의가 끝났다.

임원들은 뜻밖의 선물에 미소를 지은 채 회의실을 빠져나갔다. 모두가 빠져나갔을 때, 자리를 지키고 있던 안민영이 강찬에게 말했다.

"너무 무리한 거 아니야?"

"어, 데자뷘데요."

"무슨 데자뷔?"

"앞으로 벌 게 더 많아서 괜찮습니다.라고 대답하면 될 거 같아서요."

그의 대답에 안민영은 못 말린다는 듯 미간을 짚었고 강찬은 미소를 흘리며 말을 이었다.

"ATM을 위해 누구보다 열심히 일하시는 분들이지 않습니까. 안 PD님도 그렇고. 아까 말씀드린 것처럼 현장 스태프들만 챙기고 임원진 분들은 못 챙긴 거 같아서 준비한 겁니다."

"액수가 장난 아니던데. 뭐 강 감독 생각이 그렇다면야. 감사히 받을게."

안민영은 봉투를 흔들며 자리에서 일어섰다. 그러곤 회의실을 나서기 전, 뒤를 돌아보며 말했다.

"이걸로 내 생일 선물 퉁 치면 안 된다?"

"그럼요. 어메이징한 걸로 준비 중입니다."

"오케이, 기대할게요. 보스."

안민영이 나갈 때까지 여유로운 미소를 흘리고 있던 강찬은 문이 닫히는 것을 보자마자 핸드폰을 꺼냈다.

'깜빡했다.'

바쁜 일정을 소화하느라 안민영의 생일을 완전히 잊고 있었다. 강찬은 인터넷에 '30대 여성 생일 선물'을 검색했고 이내 마음에 드는 결과를 찾았다.

'명품 싫어하는 사람 없지.'

안민영이라고 다르진 않을 터. 하나로는 부족한 것 같아 몇 개의 명품을 세트로 찾아놓은 강찬은 전화로 주문을 신청한 뒤 회의실을 나섰다.

ATM 건물을 나선 강찬은 주차장으로 내려와 자신의 차에 올랐다. 이후 그가 향한 곳은 LA 외곽에 있는 작은 극장이었다.

강찬은 지금껏 영화를 만들어오며 자신의 영화를 극장에서 관람해 본 적이 없었다.

영화가 개봉하고 나면 바로 다음 영화를 제작해야 하고 또 반응을 살피며 전략을 세워야 했기 때문.

'지금은 다르지.'

한 걸음 물러서 여유를 가지고 살자는 생각 하나만으로 많은 것이 변한 지금, 제일 먼저 변한 것은 시간에 대한 여유였다.

극장에서 조금 떨어진 곳에 차를 세운 강찬은 선글라스와 마스크를 쓰고선 차에서 내렸다.

자신을 알아볼까 하는 걱정도 들었지만, 그것 또한 하나의 이벤트라 생각하자 마음이 편해졌다.

"THE MICHAEL 한 장이요."

"A열밖에 자리가 안 남았는데 괜찮으신가요?"

"예."

매표를 마친 강찬은 팝콘과 콜라를 사 들고 관을 찾아 들어갔다. 금요일, 제일 이른 타임의 영화였으나 좌석은 꽉 차 있었고 강찬은 흐뭇한 미소를 지으며 좌석에 앉았다.

오랜만에 맛보는 팝콘을 씹으며 광고를 보고 있을 때, 그의 뒷좌석에서 목소리가 들려 왔다.

"이 영화가 그렇게 재미있어?"

"얘는, 기사 못 봤어? 언론 시사회 때 기립 박수만 10분 넘게 받았다고. 게다가 이 영화는 히어로 영화야. 장르적인 재미를 감안하더라도 평론가들 눈을 만족시키기 힘든 장르지. 그런데 기립 박수를 받았다는 게 무슨 의미인 줄 알아?"

"뭔데?"

"엄청나게 재미있다는 거지."

"재미없기만 해봐라."

"재미없으면 내가 밥 산다."

뒤를 슬쩍 보자 붉은 머리의 사내가 친구에게 강찬에 대한 칭찬을 쉴 새 없이 늘어놓고 있었다.

붉은 머리 사내는 칭찬에서 끝내지 않고 필모그래피까지 읊어댔고 결국 그는 친구에게 '그만 좀 해라.' 하는 타박을 받고서야 말을 멈추었다.

'끝나고 선물이라도 줘야겠는데.'

차 트렁크에 두었던 감독판 DVD가 남았던가, 하는 생각을 하는 사이 영화가 시작되었고 소란스럽던 영화관에 정적이 들어찼다.

자신이 만든 영화를 극장에서 보는 것은 색다른 느낌이었다.

재미있는 장면에서는 함께 웃고 긴장감 넘치는 장면에서는 함께 숨을 참고, 관객들과 함께 호흡하며 영화를 본다는 것은 생각보다 재미있는 일이었다.

'한 번 더 볼까.'

영화가 끝난 뒤, 강찬은 자리에서 일어서서 '제가 강찬입니다.' 하고 싶은 욕망을 참으며 자리에서 일어섰다. 그러곤 뒷좌석에 앉아 있던 붉은 머리의 팬을 찾아 걸음을 옮겼다.

영화관을 나와 얼마나 두리번거렸을까, 라운지에 앉아 있는 두 사람을 발견한 강찬은 그들의 옆에 앉아 대화를 엿들었다.

"어땠어?"

"네가 왜 그렇게 흥분했는지 알겠더라. 이 감독 영화 다른 거 또 있나?"

"히어로 무비만 6편, 다른 것들까지 하면 10편이 넘지. 한 번 볼래? 우리 집에 DVD 다 있어."

"그럴까?"

두 사람의 대화를 듣고 있던 강찬은 주체할 수 없는 웃음을 흘리며 말했다.

"그렇게 재미있었습니까?"

갑작스러운 난입에 두 사람의 시선이 강찬에게로 향했다. 검은 마스크와 선글라스로 얼굴을 가린 강찬을 바라보던 사내는 '누구세요?' 하는 눈으로 그를 바라보았다.

"영화를 너무 재미있게 보신 것 같아서 말입니다. 대화라도 한번 나눠보고 싶어서."

"누구신데……."

붉은 머리 팬의 물음에 강찬은 마스크와 선글라스를 벗었다.

"반갑습니다. 강찬입니다."

두 사내의 눈에 떠 있던 물음표는 이내 느낌표로 변했고 사내는 눈을 크게 뜨며 입을 벌렸다.

"강차……."

"쉿, 보는 눈이 많은지라."

"아, 네. 쉿. 와. 진짜 강찬 감독이세요? 아니. 몰래카메라 같은 거 아니죠?"

"그럼요. 제가 가끔 혼자 영화를 보러 오거든요. 오늘도 개봉일이라 한 번 와봤는데 두 분이 나누시는 대화가 너무 감명 깊어서 말입니다."

강찬의 말을 끝까지 들은 붉은 머리 팬은 빠르게 고개를 끄덕이며 답했다.

"예, 제가 정말 팬입니다. 그래서 영화에는 하나도 관심 없는 놈도 데리고 여기까지 왔습니다. 어땠어? 정말 재미있었지?"

"맞아요. 재미있었습니다. 근데 진짜 감독님이서?"

"그렇습니다. 어떻게 신분증이라도 보여드릴까요?"

두 사람은 손사래를 쳤고 강찬은 미소를 지으며 말을 이었다.

"영화를 봐주신 것에 감사하는 마음에 자그마한 선물이라도 드리려고 하는데 시간 괜찮으십니까? 제 차에 DVD가 있거든요."

"DVD요?"

"예, 이번 영화 'THE MICHAEL'의 감독판. 아직 정식 발매도 되기 전의 새 상품이죠."

정식 발매도 되기 전이라는 말에 붉은 머리 팬의 눈이 반짝이다 못해 불을 뿜었다.

"차가 아니라 지옥이라도 따라가겠습니다."

"그럼 가시죠."

강찬은 다시 마스크와 선글라스를 쓴 뒤 두 사람과 함께 자신의 차를 향해 걸었다.

"영화 정말 최고였습니다. 재미와 감동, 의미와…… 아 맞다. 감독님이 항상 말씀하시는 미지! 그 미지와의 조우가 이번 영화에도 정말 잘 녹아난 것 같아요. 미카엘이 그림자에서 벗어나는 순간 정말…… 소름이 돋았어요. 여기 보이세요? 말하는 지금도 소름이 돋네."

붉은 머리 팬은 흥분한 것을 숨길 생각이 없는지 쉴 새 없이 떠들며 걸었다.

순수한 팬심에 기분이 좋아진 강찬은 그의 말에 하나하나 대답해 주었다.

곧 강찬의 차에 도착한 강찬은 트렁크를 열고 DVD를 꺼냈다. 그 사이, 차를 구경하던 두 팬이 말했다.

"차 죽이네요."

"감사합니다. 잠시만요. 사인해서 드릴게요."

팬을 꺼낸 강찬은 DVD 세트를 든 채 그들에게 이름을 물었다.

"저는 마이클, 마이클 리먼이고 얘는 덴버 홀이에요."

"마이클이요? 주인공하고 이름이 같네요?"

"예, 그래서 개봉하는 날 조조로 보러 왔습니다."

"그 덕에 저까지 만났고요."

붉은 머리의 팬, 마이클은 목에 무리가 가지 않을까 걱정이 될 정도로 빠르게 고개를 끄덕였다.

"여기요, 앞으로도 많은 사랑 부탁드립니다."

"당연하죠. 지옥에서 개봉하더라도 보러 가겠습니다."

"지옥을 참 좋아하시네. 사진도 찍어드릴까요?"

"예!"

어깨동무를 한 채 사진을 찍고 나자 마이클이 물어왔다.

"이거 SNS에 올려도 되나요?"

"얼마든지요."

"감사합니다!"

"제가 더 감사하죠. 만나서 즐거웠습니다."

"제가 더 즐거웠습니다."

"그럼. 좋은 하루 보내세요."

마지막으로 악수를 나눈 강찬은 차에 올랐다.

붉은 머리의 팬, 마이클은 사이드 미러에서 보이지 않을 때까지 손을 흔들었고 강찬은 나사가 하나 빠진 사람처럼 실실 미소를 흘렸다.

'이거 중독되겠는데.'

마이클이 말했던 '몰래카메라'를 진짜로 해보는 것은 어떨까, 하는 생각이 들 정도로 즐거웠다.

몰래카메라까지는 아니더라도 앞으로 시간이 날 때마다 나와서 팬들과 만나야겠다는 생각을 굳혀갈 때쯤, 강찬은 너무 웃어 아픈 광대를 문지르며 ATM의 본사로 향했다.

'THE MICHAEL' 개봉 일주일 후. ATM 촬영 단지 내 식당.

강찬과 안민영이 한 테이블에 앉아 식사하고 있었다. 함께 식사하며 다른 일을 하던 안민영은 미소를 지으며 말했다.

"강 감독, 이거 봐봐."

안민영이 보내준 링크를 들어가자 몇 개의 기사가 포털 메인에 떠 있는 것들이 보였다. 강찬은 기사의 제목을 훑으며 물었다.

-'THE MICHAEL' 베를린 영화제 개막작 초청. '다분히 이례적'.

-극찬! 강찬 감독의 마스터피스가 탄생하다. 히어로의 재해석, 인간에 대한 원초적인 질문을 던지다.

-'THE MICHAEL' 베를린에 이어 칸과 베니스까지? 도대체 어떤 영화기에?

-베를린, 드디어 강찬을 인정하다.

"어떤 기사요?"

"맨 마지막 거."

강찬은 손가락으로 기사의 제목을 탭했다. 베를린이 나를 인정했다라.

**[베를린, 강찬을 인정하다.]**

강찬 감독은 수상 운이 지지리도 없는 감독 중 하나다.

데뷔와 동시에 전 세계의 주목을 받았지만, 장르적 특성, 그리고 쉴 새 없이 다작을 하는 그였기에 시선이 분산될 수밖에 없었고 그 결과 다크 유니버스 6편을 찍는 동안 받은 상은 그의 모국에서 수상한 대상뿐이었다.

평단의 반응, 그리고 그의 흥행 성적을 보면 그는 진즉에 세계 유수의 영화제에서 러브콜을 받아도 수십 번은 받았어야 하는 게 당연지사.

하지만 베를린과 칸, 베니스의 시선은 냉담했다. 그들은 어린, 그것도 스물이 갓 넘은 감독을 인정하지 않고 그가 세워가는 금자탑을 고운 시선으로 바라보지 못했다.

어찌 보면 당연한 것이다.

그들은 전통을 추구하며 영화의 흥행보다는 메시지, 그리고 사회적 시선을 더 중시하는 이들이니.

하지만 강찬 감독은 그 모든 것을 지닌 영화를 계속해서 찍어냈다. 마치 '이래도 인정 안 해?' 하고 묻는 듯 말이다.

베를린 국제 영화제의 성격을 한 단어로 규정짓자면 '정치'라 말할 수 있다.

그렇기에 이번에 강찬 감독의 영화, 'THE MICHAEL'이 개막작으로 선정된 것이 이슈가 되고 있는 것이다.

다른 국제 영화제들에 비해 정치색을 띤 작품들이 황금곰상을 수상하는 경우가 잦고 베를린의 개막작은 엄정한 심사를 통해 결정된다.

해마다 결정되는 주제를 잘 보여주어야 하며 영화상 어떤 이슈도 존재하지 않는 말 그대로 완전무결한 작품만이 개막작에 걸릴 수 있다.

그런 개막작에 강찬 감독의 'THE MICHAEL'이 걸리게 된 것이다.

이는 두 가지 관점으로 볼 수 있다.

하나는 강찬 감독의 영화가 정치적인 색이 전혀 없음에도 그만큼의 가치를 가지고 있다는 것.

두 번째로 베를린 자체가 변화하고 있다는 점이다.

모든 영화인이 알다시피 베를린 국제 영화제는 칸이나 베니스보다 밀린다는 인상이 있다.

두 영화제에 비해 역사도 짧은 데다 화려함 또한 절제하고 있기에 대중들의 관심도가 떨어지기 때문.

베를린 또한 그 점을 알고 있지만, 굳이 변하려고 하진 않았다. 그것 또한 베를린의 성격이었으니. 하지만 이제는 변하려는 것이다.

전 세계에서 가장 이슈가 되고 있는 감독 강찬의 영화를 개막작으로 선정했고 또 선점했다.

베니스나 칸보다 먼저 한다는 이점을 이용한 것. 참으로 영리한 변화의 시작이다.

그뿐만 아니다.

'THE MICHAEL'은 개막작임과 동시에 베를린 국제 영화제에서 최고의 영화에게 시상되는 최고의 상, 황금곰상 후보에도 노미네이트 되었다.

이는 베를린이 드디어 강찬 감독을 인정했다는 사실을 알림과 동시에 지금까지의 해묵은 감정을 모두 풀자는 의도로 보인다.

개봉 일주일 만에 전 세계 박스오피스를 휩쓸며 순항을 하고 있는 'THE MICHAEL'은 베를린을 넘어서 칸과 베니스까지 진출할 것이라는 예상이 나오고 있다.

그런 가운데 첫 타자로 선 베를린은 과연 어떻게 나올 것인가. 만약 베를린에서 강찬 감독이 황금곰상을 수상한다면, 그리고 다른 국제 영화제에서도 수상하게 된다면?

한 명의 영화인이자 강찬 감독의 개인적인 팬으로 꼭 볼 수 있었으면 하는 바람이다.

(후략).


기사를 읽고 고개를 들자 기다리고 있던 안민영이 손을 꼬물거리며 물어왔다.

"베를린, 칸, 베니스. 셋 중 어떤 게 강 감독 손에 들어올 거 같아?"

"글쎄요. 기사 내용대로 셋 다 받았으면 좋겠습니다."

"이번 영화면 가능할 것 같기도 하고."

개봉과 동시에 어마어마한 반응이 휘몰아쳤다. 지금껏 국제 영화제와는 연이 없던 강찬이었지만 이번에는 달랐다.

세계 3대 영화제라 불리는 칸과 베니스, 베를린 영화제 모두에서 그의 작품에 관심을 보이고 있다는 기사가 연일 쏟아지고 있었다.

"베를린이야 2월에 열리니까 그렇다 쳐도, 5월에 하는 칸이랑 9월에 하는 베니스는 아직 심사위원단 구성도 안 되지 않았어요?"

"그건 그렇지."

"그런데 무슨 최우수상 후보예요."

강찬이 어이가 없다는 듯 웃으며 말하자 안민영은 검지를 까딱이며 답했다.

"안토니 갤리웍스가 눈물을 흘렸는데 더 말할 것 있나."

"안 운 사람이 더 많잖아요."

"욕심이 과해 강 감독. 각자가 감동을 받는 코드가 다른 거지. 나도 안 울었는데 진짜 엄청 감동했거든. 감동의 사전 뜻 그대로. 아주 깊이 느껴지는…… 그래, 심장의 박동 같은 게 있었어."

안민영은 시사회의 감동이 아직도 가시지 않았는지 손을 방 방 거리며 말을 이었다.

"어쨌거나 베를린, 칸, 베니스. 다 떼놓은 당상이야. 내가 볼 때 올해, 아니, 몇 년 동안은 'THE MICHAEL' 넘을 영화 안 나온다."

"그럼 안 되죠."

"왜?"

"제 다음 작이 내년에는 개봉할 텐데 제가 저를 못 넘으면 안 되잖아요."

"아냐. 그래도 돼. 이번 작품은 정말…… 마스터피스 그 자체였다고."

인정을 받는다는 것은, 그것도 전 세계에서 가장 권위 있는 시상식에서 알아준다는 것은 설렘 그 이상의 일이다.

강찬은 감정을 삭이기 위해 태블릿 PC를 내려놓으며 말했다.

"세 개 영화제에서 전부 상을 받은 작품이 있긴 한가요?"

"아직은 없지. 그러니까 강 감독이 받으면 전무후무한 일이

되는 거고."

"그게 가능할까 모르겠네요."

"아까는 그러고 싶다면서. 평소 강 감독 지론이 뭐야. 원하면 노력하고 그러다 보면 된다잖아? 이것도 가능하지 않겠어?"

그녀의 말에 강찬은 쓴웃음을 지으며 고개를 저었다.

"아직은 모자라요."

"세상에, 다른 영화감독들이 들었으면 칼을 들고 쫓아왔을 거야. 자기들 기만하냐고."

강찬의 대답은 진심이었다.

이번 영화 'THE MICHAEL'이 전심전력을 다해 만든 것이 맞고 잘 뽑혔다는 생각을 하고 있긴 하지만 강찬은 더 나은 영화를 만들 수 있는 가능성을 보았다.

발아와 개화를 통해 강찬은 더욱 발전할 것이고 그때마다 한 단계 진보한 영화를 만들어낼 수 있을 터.

"베를린이라."

강찬이 가 본 외국이라곤 미국과 중국뿐이었다. 마음만 먹으면 영화 홍보차 전 세계를 누빌 수 있었겠지만 그럴 여유가 없었기 때문.

"재미있겠습니다."

"그렇지? 신작 구상도 할 겸 휴가차 한 번 다녀와."

"예, 그런데 베를린 가면 누구랑 같이 가야 합니까?"

"강 감독 마음대로지. 보통 감독들은 여배우들이랑 가지 않아? 진주 배우랑 가면 되겠네. 데이트도 할 겸. 아 맞다, 현주 씨한테 연애한다고 말했다면서? 현주 씨가 나한테만 하는 말이라고 하는 거 보니까 ATM 직원들한테 다 소문 난 것 같더라."

"게이라고 소문났던 것보단 낫죠."

그때가 생각나는지 끅끅거리고 웃은 안민영은 고개를 끄덕였다.

"하긴 진주 배우가 어디 모자라는 데가 있는 것도 아니고. 젊은 감독과 아이돌 출신 배우의 로맨스. 그림 좋네. 그럼 진주 배우랑 가는 거로?"

강찬이 직접 베를린에 가는 만큼 이목이 집중될 터. 제대로 된 데이트를 즐기긴 힘들겠지만, 함께 가는 것만으로도 의미가 있을 것이다.

"스케줄 맞으면 그렇게 진행하죠."

"오케이."

짧은 대화를 마친 안민영은 다시 자신의 일에 집중했고 강찬은 다른 기사들을 훑어보며 미소를 지었다.

호평을 듣는 것은 언제라도 기분 좋은 일이었다.

같은 날 저녁.

강찬은 여진주와 함께 자주 가는 레스토랑으로 향했다. 맛있는 식사와 좋은 와인이 곁들여져 분위기가 무르익을 무렵.

강찬이 말했다.

"베를린 같이 갈래?"

"베를린이요? 베를린 국제 영화제?"

"응."

여진주는 생각지도 못했다는 듯 크게 벌린 입을 가렸다가 이내 되물었다.

"제가 가도 돼요?"

"안 될 거 있나?"

"아니…… 보통 영화의 주인공들이 가잖아요. 그럼 헨리가 가는 게 맞지 않을까요?"

"그런 게 어디 있어. 감독이 같이 가고 싶은 사람하고 가는 거지."

강찬의 제안을 거절할 이유는 없었다.

그와 함께 베를린을 가는 것만으로도 여진주의 얼굴이 전 세계에 알려질 것이고 네임벨류가 올라갈 테니까.

나아가 강찬과 남들의 눈을 의식하지 않고 함께 다닐 수 있다는 것 또한 좋았다. 하지만 세간의 시선이 문제였다.

"저는 좋아요. 그런데 오빠는 괜찮아요?"

"뭐가?"

"베를린에 있는 모든 사람이 오빠만 볼 텐데. 그중에는 예쁜 여배우들도 있을 거란 말이죠. 그런 사람들이 오빠한테 막 다가오면…….”

여진주는 우물거리다가 결심한 듯 강찬과 눈을 맞추며 말했다.

"저는 제 남자를 지킬 거예요."

"하하하, 그래. 그럼 아예 이번 기회에 발표해 버릴까?"

"예?"

"공식적으로. 우리는 연인 사이다. 이렇게."

두 번째 충격 발표에 여진주의 눈은 아까보다 더욱 커졌고 강찬이 말을 이었다.

"솔직히, 스캔들 터지면 이미지에 타격 입는 건 배우들이잖아. 여배우들은 더하고. 물론 할리우드가 그런 면에서 유하긴 하지만. 난 그래서 발표 안 하고 있던 거거든. 진주 너만 괜찮으면 이번에 베를린 가기 전에 발표해 버리고. 그럼 둘이 어디를 돌아다녀도 사람들이 뭐라고 안 할 거 아냐.”

여진주가 걱정하는 것은 그게 아니었다. 강찬과 여진주의 위치 차이. 그것으로 인한 대중들의 목소리가 문제였다.

강찬 또한 모르지 않을 터. 그럼에도 이런 말을 하는 이유는 간단했다.

"진주 네가 뭘 걱정하는지 알아. 남들의 시선에 너무 연연하지 마. 어차피 살아가면서 한 번 만날까 말까 하는 사람들이 잖아. 그렇다고 우리가 잘못한 게 있는 것도 아니고."

"그렇죠."

"네가 입증하면 되지. 내 연인 덕에 내가 이 자리까지 온 게 아니다. 난 내 연인이 없더라도 이 자리까지 올라올 수 있었다. 하고. 당장에야 시끄럽겠지."

여진주는 생각했다.

내가 할 수 있을까?

강찬 덕에 '우리들'로 이름을 알렸고 아이돌로 데뷔했다. 그리고 배우가 되었고 지금 또한 강찬과 함께하고 있었다.

그리고 앞으로도 함께 할 터. 발표하든 안 하든 강찬과 함께한다면 '인맥'이라는 꼬리표를 달고 다닐 수밖에 없을 것이다.

어차피 꼬리표를 달고 다닐 거라면, 더 당당하게 달고 다니는 게 낫지 않을까?

고민의 답이 보일 무렵, 여진주의 눈이 강찬에게 향했다.

"사람들은 이상한 게 다른 사람들보다 자기 자신을 못 믿더라. '내가 할 수 있을까?' 하고 말이야. 내가 나를 못 믿으면 그 누가 나를 믿어주겠어. 안 그래?"

"그건 그래요."

"그러니까 진주 너도 너를 믿어봐."

여진주는 결심한 듯 고개를 끄덕였다. 그러곤 강찬의 손을 쥐며 답했다.

"믿어볼게요. 근데 나는 아직 날 못 믿겠어요. 그러니까 내가 날 믿을 수 있을 때까지 오빠를 믿을래요."

"그것도 나쁘지 않네."

강찬은 마주 쥔 손에 힘을 주었고 여진주는 그의 어깨에 머리를 기댔다.

그렇게 잠시 말없이 서로의 체온을 느끼고 있을 때, 여진주가 좋은 생각이 났다는 듯 아, 하는 소리와 함께 말했다.

"어머니도 모시는 건 어때요?"

"어떻게?"

"영화제에 참가하는 건 힘들어도 베를린까지 함께 갈 순 있잖아요. 상을 받는 현장을 직접 보긴 힘들지만, 뒤풀이를 함께 할 수도 있고요."

꽤 괜찮은 제안에 강찬이 고개를 끄덕였다.

"이 기회에 고마운 사람들 다 함께 가는 것도 괜찮겠네."

"어떤 분들이요?"

"우리들 만들 때 도움 주셨던 대호네 아버님도 계시고, 그때 같이 출연해 줬던 사람들. '악당' 만들 때 도와주셨던 너희 어머니. 지금까지 같이해 주시는 안 PD님, 윤 PD님. 다 초대하는 거지."

여진주는 짧게 손뼉을 치며 그의 말에 동의했다.

"그거 좋네요."

"영화제 근처 호텔 빌려서 다 같이 영화제 관람도 하고 뒤풀이도 하고."

"네. 그럼 그렇게 해요. 우리 어머니께는 제가 말씀드릴게요."

강찬이 베를린 국제 영화제에 초대받는 감독이 될 수 있을 때까지 도움을 준 이들은 수도 없이 많다.

여진주와 강찬, 두 사람은 고마운 사람 중 누구를 초대할지 의견을 나누었고 곧 각자 맡은 사람들에게 전화를 걸어 베를린으로의 초대를 시작했다.

영화 촬영이 끝난 뒤, 조감독 서대호는 한국에 들어와 있었다. 가족과 여자친구, 그리고 지인들을 만나며 회포를 풀며 즐거운 시간을 보내고 있던 나날.

"역시 잘 나가는구먼."

연일 최대 관객 스코어를 갱신해나가는 'THE MICHAEL'을 보며 뿌듯해하는 것도 잠시. 서대호는 자신의 눈을 의심하는 기사의 제목을 발견했다.

**-강찬 감독, 한국 배우 여진주와 열애 인정!**

**-세계적인 감독으로 발돋움한 감독 강찬, 그의 열애 상대 여진주는 누구인가?**

"……세상."

언젠가 발표할 줄은 알았지만 이렇게 일찍이라니. 그것보다는 자신에게는 언질조차 없이 대중에 발표했다는 사실에 섭섭한 마음이 들었다.

'이게 뭐라고.'

알고는 있었지만, 자신에게 언질 정도는 해줄 수 있는 건 아닌가?

괜히 섭섭해진 서대호는 코끝을 문지르고선 침대에 벌러덩 누웠다. '그래도 잘됐네'라는 생각과 함께 축하 문자를 보내려는 때, 전화가 울렸다.

"예, ATM 조감독 서대홉니다."

-안녕하십니까. 이번에 서대호 씨의 차량 탁송을 맡게 된 기사, 강수호 기사입니다. 혹시 지금 자택에 계신지요.

"집에 있긴 한데…… 차량 탁송이요?"

-예. 오늘 날짜에 맞춰 탁송된 차량입니다. 혹시 지금 받기 불편하실까요?

"아뇨. 그건 아닌데. 차량을 주문한 적이 없는데요."

차량은커녕 피자도 한 판 안 시켰는데 무슨 차량 탁송이란 말인가.

-아, 예. 주문인께서 서프라이즈라 하셨습니다.

서프라이즈. 다섯 글자에 떠오르는 사람이 있었다.

"혹시 주문인 이름이 강찬인가요?"

-그건 알려드릴 수 없습니다. 하지만 주문인께서 차량을 선물하시는 것이니 수령만 하시고 사인만 해주시면 됩니다.

차량 선물이라니. 서대호는 심장 박동이 빨라지는 것을 느끼며 대답했다.

"알겠습니다. 지금 집에 있으니 바로 오시면 될 것 같습니다."

-예. 지금 바로 나오실 수 있으실까요? 집 앞에서 차 내리고 있겠습니다.

"네."

집 앞에 도착해 있는 모양. 서대호는 기쁜 마음에 창문을 열고 집 앞을 내려 보았다. 그러자 트레일러에 담겨 있는 검은색 SUV 한 대가 눈에 들어왔다.

15층이기에 무슨 차인지는 잘 보이지 않는 상황, 서대호는 입꼬리를 올린 채 1층으로 내려갔다.

"서대호 씨?"

"예, 접니다."

"반갑습니다."

탁송기사와 인사를 하는 와중에도 서대호의 눈은 차량에

가 있었다. 코뿔소를 닮은 거친 앞태지만 옆 라인은 유려하기 그지없었다.

거대한 SUV였지만 둔해 보이긴커녕 당장에라도 튀어나갈 것 같은 모습. BMW X 시리즈 중 가장 비싼 모델이 서대호의 앞에 있었다.

"세상에."

"축하드립니다."

"아, 네."

"타보세요. 이제 서대호 씨 차량입니다."

탁송기사가 건넨 키를 받은 서대호는 무언가에 홀린 사람처럼 차에 올랐다. 그러곤 핸들에 붙어 있는 봉투를 발견하고서야 정신을 차렸다.

봉투를 열자 3장의 비행기 티켓, 그리고 쪽지가 나왔다. 티켓의 목적지는 베를린. 서대호는 티켓을 한 손에 쥔 채 쪽지를 읽어나갔다.


-항상 고맙다. 그리고 앞으로도 잘 부탁한다. 네 하나뿐인 친구가.

p.s. 서프라이즈!

p.s. 그 차 네 거 아니다. 너희 아버님 차야. 네 선물은 미국 집에 보내놓았으니 실망하지 말고.

p.s. 베를린에서 만나자. 너희 부모님도 함께 뵐 수 있으면 좋겠네.

쪽지를 읽은 서대호는 미소를 지으며 차의 핸들을 쓰다듬었다. 방금까지 섭섭하던 마음은 하늘 위로 훨훨 날아가 버린 지 오래였다.

2013년 2월 7일. 오후 1시. 독일의 수도 베를린.

강찬이 돌아온 지 8년이 조금 안 된 지금, 까까머리 고등학생이었던 강찬은 이제 값비싼 슈트를 입고 베를린 국제 영화제의 레드카펫 위에 서 있었다.

"와아아!"

리무진에서 내린 강찬이 레드카펫에 발을 디딘 순간, 기자와 팬, 누구라 할 것 없이 환호를 지르며 그를 환영했다.

지금껏 없던 열렬한 환호에 경호원들까지 뒤를 돌아볼 정도. 그에 맞춰 강찬 또한 손을 흔들었다.

"반갑습니다!"

강찬은 레드카펫을 걸으며 팬들과 눈을 맞추고 손을 잡았다. 몇몇 팬들과는 사진도 찍어준 뒤 개막식장의 입구로 향했다.

입구를 통과하자 대기하고 있던 스태프가 강찬을 따로 안내했다.

"대기하시다가 리허설하고 개막작 소개 끝나면 올라가시면 됩니다. 스탠바이 사인은 따로 드릴 테니 그때 움직이시면 되고요."

"알겠습니다."

개막식 시작까지 남은 시간은 30분여. 강찬은 긴장도 풀 겸 개막식장 안을 둘러보았다.

미리 입장한 셀러브리티들이 테이블에 앉아 대화를 나누고 있었고 스태프들은 마지막 점검을 하고 있었다.

그리고 개막식장의 가운데, 거대한 황금곰상이 있었다.

"……오."

절제와 전통의 아이콘인 베를린답게 꾸밈없는 개막식을 할 것이라 생각했었다. 한데 레드카펫부터 화려함의 극치를 달리더니 식장 안에는 번쩍거리는 황금곰상이 있다.

강찬이 곰상 아래에 선 채 구경하고 있을 때, 누군가 그를 불렀다.

"강 감독."

"안토니. 오셨습니까?"

매번 입던 멜빵이 달린 정장을 입고 온 안토니 갤리웍스였다. 그는 강찬의 옆에 선 채 곰상을 올려보며 말했다.

"진짜 금 같구먼."

"그럼 몇억 달러는 들었을걸요."

"진짜 곰을 박제한 것 같기도 하고."

"……그럴 리가요."

그럴 리가 없다는 것을 알고 있었지만 잠깐 대답을 멈칫할 정도로 생동감이 넘치는 곰 동상이었다.

게다가 태양 빛이 자신의 후광이라도 되는 양 번쩍이고 있는 황금곰상은 시선이 닿는 것만으로 걸음을 멈추게 하는 마력이 있었다.

"어찌 되었거나 신경을 많이 쓴 모양이야."

"그러게 말입니다. 제가 아는 베를린이랑 많이 다릅니다."

"마찬가지일세."

화려함의 극치를 달리는 다른 영화제들과는 달리 절제를 미덕으로 아는 베를린 영화제다. 한데 가운데 거대한 황금 곰 동상을 두다니.

"베를린이 변했군."

황금곰상만 없었더라면 아카데미 시상식 분위기라 해도 믿을 정도였다.

"어떤 시상식이 될지 기대되네요."

"그렇지? 베를린에 변화의 바람을 불게 한 감독이 상을 받아야 할 텐데 말이야."

자신을 칭하는 것을 눈치챈 강찬이 멋쩍게 웃었고 안토니는 그의 어깨를 두들겼다.

"그럼 조금 있다 보세. 오랜만에 보는 친구들이 많구먼."

"예, 식 끝나고 뒤풀이 때 뵙겠습니다."

안토니를 보낸 강찬은 구경을 마치고선 대기실로 돌아갔다. 이제 곧 개막식이 시작될 테니 준비를 해야 할 시간이었다.

모든 조명이 꺼지고 핀포인트 조명이 떨어지며 개막식이 시작되었다. 개막식은 개회사를 맡은 독일의 노장 감독, 볼프강 페터슨이 등장하는 것으로 시작되었다.

"개회사를 맡게 된 볼프강 페터슨입니다."

그는 박수가 멎을 때까지 관객들을 한 명 한 명씩 바라보며 눈을 맞추었다. 그러곤 박수가 끝나자 관객들을 향해 물었다.

"베를린 국제 영화제 하면 제일 먼저 떠오르는 게 무엇입니까?"

볼프강 페터슨은 사람들에게 생각할 시간을 주려는 듯 잠시 뜸을 들인 뒤 말했다.

"저는 영화가 갖는 이야기의 전달성이라 생각합니다. 쉽게 접하기 힘든, 그리고 입 밖으로 내기 힘든 문제들. 그런 것들을 대중들에게 보여주는, 일종의 뉴스 기사 혹은 이솝 우화 같은 것이죠. 현실에 대한 우화와 풍자가 여기 속합니다. 어떤 현실을 우화 하고 풍자하느냐. 어떤 방식으로 표현하느냐. 베를린이 중시하던 것들입니다."

모든 미디어 매체 중 영화만이 가지고 있는 특수한 성질이 있다.

영화관에 입장하면 어쨌거나 엔딩 크레딧이 올라가기 전까지는 앉아 있어야 한다는 것.

물론 중간에 극장을 박차고 나가는 것은 관객의 선택이지만 다수는 영화가 마음에 들지 않더라도 일단은 자리를 지킨다.

이유는 간단하다. 자신의 선택으로 돈을 내고 극장에 들어왔기 때문이다.

"하지만 세상이 달라졌습니다. 시간은 앞으로 흐르고 영화라는 매체는 한순간의 오락거리로 전락했죠, 그럴수록 베를린은 더욱더 전통을 찾았습니다. 길지 않은 역사를 가졌기에 더욱 집착했는지도 모릅니다. 자신이 갖지 못한 것을 추구하는 건 인간의 본능이니 말입니다."

기술이 발전하고 영화는 영화관을 벗어났다. 나아가 대중과 가까워졌다. 당장 핸드폰만 있으면 영화를 볼 수 있는 세상에서 더 이상 관객들을 자리에 앉혀둔 채 메시지를 주입할 수 없게 된 것.

"사람들은 팍팍한 현실 속에서 다른 이의 고민을 듣고 싶어

하지 않습니다. 자신의 인생 하나 챙기기 바쁜데 다른 이의 고민까지 들어주기엔, 그것도 잠시 자신이 속한 세상을 잊고 다른 세상으로의 도피를 위해 보는 영화 속에서 주인공의 고민에 공감하기에는 너무 빠르게 돌아가는 세상이기 때문입니다. 그렇기에 근래 영화들은 관객들의 오감을 만족시키는 데 집중하기 시작했습니다."

어쩔 수 없다. 세상이 돌아가는 이치 중 가장 중요한 것은 필요다. 필요하지 않은 것이 존재할 이유가 없는 것은 당연한 이치다.

"담겨 있는 이야기는 뒷전이 되었죠. 당연한 겁니다. 영화산업이라는 예술은, 아니, 예술이라는 것 자체가 알아주는 이가 없다면 혼자만의 망상이 되어버리기 때문입니다. 그렇게 히어로들이 세상을 구하는 것이 트렌드가 되어버렸습니다."

볼프강 페터슨은 아쉽다는 듯 짧은 숨을 내쉰 뒤 말을 이었다.

"너무 부정적으로 이야기하는 것 같다 느끼시는 분이 계실 겁니다. 맞습니다. 부정적이었습니다. 저도 그랬고 베를린도 그랬죠. 예, 과거형입니다. 얼마 전까지만 해도 그랬죠. 하지만 지금은 아닙니다. 말씀드린 대로 시대가 변했습니다. 양극단에 있던 것 같던 베를린과 할리우드, 둘 모두를 만족시키는 천재들이 나타나기 시작한 겁니다."

시대를 변화시키며 트렌드를 이끄는 감독들.

스티븐 스필버그와 제임스 카메론, 크리스토퍼 놀란 등 많은 감독이 떠올랐지만, 볼프강 페터슨이 말하는 천재란 그들이 아닐 것이다.

"그들은 어떠한 말도 하지 않았죠. 그저 작품으로 보여줬습니다. '왜 전통과 혁신을 나누어야 하느냐?'라고 말입니다. 그 천재들은 아집과 편견으로 똘똘 뭉친 인물들마저 변화시켰습니다."

무대 뒤에 선 채 볼프강 페터슨의 개회사를 듣고 있던 강찬은 얼굴을 쓸었다.

그의 말이 끝나고 나면 자신이 올라가 개막작을 소개해야 할 것이고 관객들은 자연스럽게 패터슨이 말한 '천재 감독'이 누구를 지칭한 것인지 알게 될 것이다.

"베를린은 변화를 위한 태동을 시작했습니다. 예술이란 대중이 존재해야 예술로 남을 수 있다는 본질. 그것을 잊지 않기 위해서 말입니다. 제63회 베를린 국제 영화제는 지금까지와 다른 새로운 모습을 보여드릴 것을 약속드립니다. 이번 영화제를 찾아주신 모든 분께 감사드리며 즐겁고 또 새로운 경험이 되시기를 바라겠습니다."

임팩트 있던 개회사를 마친 볼프강 패터슨은 고개 숙여 인사한 뒤 다시 한번 마이크를 쥐었다.

"그럼 개막작의 감독을 소개하며 이만 물러가도록 하겠습니다. 이번 개막작은 베를린에게 이런 깨달음을 준 작품 중 가장 큰 영감을 준 감독의 작품을 선정했습니다. 'THE MICHAEL' 의 강찬 감독을 환영해주시길 바랍니다."

박수 소리와 함께 패터슨이 뒤로 물러섰고 강찬이 무대 위로 올랐다.

"반갑습니다. 베를린 국제 영화제 개막작의 행운을 안게 된 감독, 강찬입니다."

무대에 오르기 전까지만 해도 평온 그 자체였다. 하지만 마이크를 쥐고 관객들을 바라본 순간, 마치 첫 영화의 시사회 때처럼 심장이 터질 듯 뛰었다.

돌아오기 전, 꿈 그 자체였던 국제 영화제. 그것도 영화제의 성격을 알리는 개막작으로 자신의 영화가 걸린 것이다.

꿈보다 더 현실감 없던 현실이 피부로 다가왔고 강찬은 긴 숨을 내쉬었다. 그의 숨은 마이크를 통해 크게 퍼져 나갔다.

"……죄송합니다. 긴장이 풀리질 않네요."

단상에서 잠시 물러서 몇 번이고 심호흡을 한 뒤, 그제야 마치 먹이를 기다리는 병아리들처럼 자신만 바라보고 있는 관객들이 눈에 들어왔다.

"이런 귀중한 자리에서 제 영화를 보여드릴 기회를 주신 분들, 그리고 이 자리에 앉아 제 영화를 봐주실 여러분들 감사드립니다. 전 제 영화가 시작하기 전, 길게 말하는 것을 좋아하지 않습니다. 그러니 짧게 말하겠습니다."

강찬이 영화를 시작하게 된 이유. 그리고 그가 가장 존경하는 감독의 작품 제목. 모든 것을 함축한 문장.

"즐거운 미지와의 조우가 되시길."

말을 마친 강찬은 허리 숙여 인사했고 관객들의 박수 소리와 함께 무대를 내려왔다. 그러자 개막작 상영이 시작되었다.

누가 먼저랄 것도 없었다.

사람들은 환호하며 자리에서 일어났고 박수를 쳤다. 휘파람 소리와 감탄, 박수 소리가 어우러져 극장 전체를 울렸다.

강찬은 떨려오는 몸을 가까스로 안정시키며 무대에 올랐다.

"와아아!"

강찬이 마이크를 쥐었지만, 환호성은 멎을 기미가 보이지 않았다. 결국, 마이크를 내린 강찬은 미소를 지은 채 지금 이 순간을 즐겼다.

이 거대한 무대가 오로지 '나'라는 한 사람만을 위해 준비된 것 같았다. 베를린 국제 영화제의 대상인 황금곰상을 받은 것도 아니다.

이제 막 개막작을 상영하고 그 반응을 받는 것뿐인데 세상을 다 가진 것처럼 주체할 수 없는 감정이 밀려 들어왔다.

"감사합니다."

다른 말이 떠오르지 않았다. 이런 열화와 같은 반응을 보여준 이들에게 무어라 말해야 자신의 감정을 제대로 전달할 수 있을까. 잠시 고민하던 강찬이 다시 마이크를 들었다.

"저는 대중의 관심을 먹고 사는 사람입니다. 사람들이 저로 인해 기뻐하고 슬퍼하며 공감하는 것에 목숨을 거는 사람이죠. 그런 사람으로서 여러분이 보여주신 반응은 그 어떤 찬사보다 큰 감동으로 다가왔습니다."

진솔한 말에 관객들은 다시 한번 박수를 쳤고 강찬은 자신에게 쏟아지는 찬사를 음미하며 기다렸다.

"다시 한번 감사드립니다. 베를린 국제 영화제라는 큰 무대, 그것도 변화를 꿈꾸는 거대한 축제의 개막을 맡게 되어 영광입니다. 제 영화뿐만 아니라 수많은 걸작이 준비되어 있는 영화제입니다. 앞으로 2주간 즐거운 시간 되시길 바랍니다."

인사를 마친 강찬은 여유로운 걸음걸이로, 손까지 흔들며 무대 뒤로 내려왔다. 그러곤 자신을 비추는 카메라가 없다는 것을 확인하자마자 긴 숨을 내쉬었다.

'끝났다.'

강찬 자신이 주인공이었던 개막식이 드디어 끝낸 것이다. 그것도 성공적으로. 이제 남은 것은 푹 쉬며 축제를 즐기다가 황금곰상 발표 직전 잠시 마음을 졸이는 것뿐.

벽에 기댄 채 얼굴을 쓸어내린 강찬은 언제 그랬냐는 듯 다시 자신감 넘치는 얼굴과 발걸음으로 복도를 걸어나갔다.

개막식이 끝난 뒤. 해가 저물어가는 오후.

베를린 중심가에 위치한 호텔 드 로마. 5성급 호텔의 옥상 파티장에서는 다양한 인종의 사람들이 삼삼오오 모여 이야기를 나누고 있었다.

"단체로 관광 온 기분이네."

"다를 건 없죠."

베를린의 랜드마크 중 하나인 브란덴부르크 문이 한눈에 내려 보이는 이곳, 옥상 파티장에 모인 이들은 강찬과 여진주가 초대한 그들의 지인들이었다.

그간 감사한 마음을 가지고 있었으나 제대로 표현하지 못했던 사람들을 이번 기회에 전부 초대했고 그렇게 모인 사람의 수는 서른 명가량.

"거의 다 오신 것 같네."

"네, 두 PD님만 오시면 돼요."

두 사람은 일 처리 덕에 오늘 밤에 도착하기로 예정되어 있었다. 대부분의 사람이 도착한 것을 확인한 강찬은 여진주와 함께 테이블을 돌아다니며 인사를 시작했다.

개중 제일 먼저 인사를 나눈 이들은 '우리들'을 제작했던 이들. 여진주와 남매를 연기했던 김현우, 아버지 역의 최윤식, 미술을 담당했던 백혜선까지.

"초대해 줘서 고마워요."

"아뇨, 와주셔서 제가 더 감사하죠."

"개막식 반응 완전 뜨겁던데 축하해요. 그 정도면 황금곰상은 강찬 감독 것 같던데."

"그렇게 되면 좋겠네요."

"강 감독 파이팅!"

오랜만에 만나 짧은 인사를 나눈 것만으로도 그때가 생각나며 추억이 새록새록 떠올랐다.

마음 같아서야 밤새 이야기를 나누고 싶었지만 다른 이들이 강찬을 기다리고 있었다.

두 번째로 찾은 테이블은 ATM의 직원들.

백중혁과 안토니는 벌써 위스키를 한 손에 든 채 이야기를 나누고 있었으며 그들의 옆으로는 디아나와 가스파르가 어색함을 온몸으로 표현하며 핸드폰을 보고 있었다.

"파티는 어떻습니까?"

"아, 감독님. 축하드립니다."

"아직 상 받은 것도 아닌데요, 뭘."

"그래도 개막작 상영에 기립 박수면 엄청난 거잖아요?"

"그건 그렇습니다."

강찬이 멋쩍게 웃자 가스파르가 엄지를 세우며 답했다.

"꼭 황금곰상 받길 기원하겠습니다."

"감사합니다. 가스파르, 디아나 두 사람도 머지않은 미래에 받을 수 있을 겁니다."

"노력하겠습니다!"

두 사람의 어깨를 두들겨준 강찬은 백중혁과 안토니의 가운데 서며 말했다.

"먼 길 오시느라 고생 많으셨습니다."

"고생은 무슨, 자네가 이 많은 사람을 모으느라 고생 많았지."

"고생했으니 한 잔 받게나."

강찬이 잔을 받자 안토니가 잔을 높이 들며 외쳤다.

"자, 그럼 강 감독의 황금곰상을 위해 건배."

"건배!"

안토니의 큰 목소리에 이목이 집중되었고 사람들은 각기 다른 방식으로 강찬이 황금곰상을 받기를 기원해주었다.

"앞으로도 잘 부탁드리겠습니다."

"잘 부탁하는 건 좋은데 너무 부려먹진 말게나."

"그래. 사골도 이만큼 우리면 뼈에 구멍이 송송 나. 하물며 우리 같은 노인들은 어떻겠나?"

"하하, 알겠습니다."

그렇게 연회장을 돌며 사람들과 인사를 나누던 때, 강찬의 눈에 가스파르와 디아나가 연회장을 빠져나가는 것이 보였다.

두 사람의 어깨가 가까운 것을 본 강찬은 쓱 미소를 지었다.

"왜 웃어요?"

"같은 취미, 같은 직업, 같은 직장을 가진 비슷한 나잇대의 남녀가 만나면 어떻게 되는지를 잠시 잊고 있었다는 게 떠올라서."

"우리 이야기예요?"

"그렇기도 하네."

"다른 사람 이야긴가? 그럼 누구……."

말을 하던 여진주는 어딘가를 보는 순간 걸음을 멈추었다. 강찬의 시선이 자연스럽게 그녀를 따라 움직였고 하나의 테이블을 발견했다.

그러곤 그답지 않게 숨을 들이쉬었다.

"왜 저 세 분이……."

"그러게요."

두 사람의 시선이 향한 곳에는 여진주의 어머니인 배혜정, 강찬의 어머니인 한연숙, 그리고 처음 보는 중년의 사내가 앉아 있었다.

자세히 보지 않더라도 여진주와 닮아 있는 사내.

"어머, 아버지도 오셨네요."

여진주는 정말 몰랐다는 듯 입을 가리며 말했고 강찬은 마른 침을 삼켰다. 배혜정이야 몇 번 보아 안면이 있다지만 그녀의 아버지는 전혀 아니었다. 게다가 양가의 부모님이 함께 있다니.

상상도 못 한 상황에 당황한 것도 잠시. 강찬은 심호흡하며 여진주에게 말했다.

"인사드리러 가자."

강찬은 전쟁에 나서는 그리스의 투사처럼 경건한 얼굴로 걸음을 옮겼다.

"안녕하십니까. 강찬입니다."

그가 다가오는 것을 보고 있던 여진주의 아버지가 악수를 청하며 말했다.

"반갑네. 여운돈일세."

배혜정의 남편이자 걸출한 사업가 여운돈. 그는 강찬과 눈을 맞추었고 강찬은 그의 눈을 피하지 않았다.

"눈이 맑아."

"예?"

"그런 사람치고 나쁜 사람 없지. 내가 사업만 20년 넘게 하면서 얻은 비결이네."

"아, 감사합니다."

강찬이 자리에 앉자 여운돈이 강찬과 여진주를 바라보며 말을 이었다.

"진주랑 만나고 있다고."

"그렇습니다."

"진주 이 아이도 누굴 닮았는지 성격이 드세. 그러니 조심하고. 잘 해보게나."

쿨하다 못해 추위가 느껴질 정도의 성격이었다. 그는 할 일을 마쳤다는 듯 입을 다물었고 배혜정이 말을 이어받았다.

"이이가 사교성이 부족해요. 그래도 첫 만남치곤 길게 말한 편이니 이해해 줘요."

여진주 또한 동의한다는 듯 빠르게 고개를 끄덕였다. 그래도 나쁜 사람이 아니라는 인상을 심어주었으니 나쁘진 않은 첫 만남인 듯싶었다.

"베를린에는 배우로 초대되어서 오는 게 꿈이었는데. 이렇게 강 감독 초대로라도 오게 되니 좋네요."

"금방 다시 오게 되실 겁니다."

"말이라도 고마워요."

배혜정이 미소를 지으며 답하자 그녀의 남편, 여운돈은 테이블 위에 놓인 배혜정의 손을 쥐었다.

작은 행동 하나로 자신의 배우자를 믿고 있다는 감정이 물씬 풍겼다.

금술 좋은 부부 사이를 보고 있던 강찬은 고개를 돌려 자신의 어머니를 바라보았다.

"엄마는 어때요? 식사는 괜찮으세요?"

"베를린에서 가장 비싼 호텔인데 당연히 좋지."

"봉사 쪽은 어때요? 할 만하세요?"

"응. 집에 혼자 있기 적적했는데 여기저기 돌아다니면서 아이들을 돌보다 보니 시간 가는 줄도 모르겠어."

"다행이네요. 힘드신 건 없고요?"

"그럼."

"어머니, 이번에 아프리카 다녀오셨다면서요. 어떠셨어요?"

모자의 대화에 여진주가 자연스럽게 끼어들었고 강찬의 어머니는 아프리카에서 겪은 이야기들을 풀어놓기 시작했다.

"나는 아프리카가 엄청 더울 줄 알았거든? 그런데 그늘에 들어가면 하나도 안 덥더라 얘. 오히려 한국이 더 더워."

"아, 저도 들어봤어요. 한국은 습도가 높아서 덥데요."

"거기 가이드도 그런 말을 하더구나. 거기서 봉사 활동을 하며 만난 아이가 있는데, 욜레라고."

강찬의 어머니, 한연숙은 핸드폰을 꺼내 사진첩을 보여주며 말을 이었다.

"이 아이가 가장 기억에 남더구나. 애가 얼마나 똑 부러지는지……."

여진주 덕에 이야기의 물꼬가 트이자 어색한 분위기는 점차 흩어졌다. 곧 배혜정도 대화에 참여했고 강찬과 여진주의 아버지, 여운돈 두 사람은 흐뭇한 표정으로 세 명의 여자를 바라보고 있었다.

그렇게 베를린에서의 첫날 밤이 깊어갔다.

개막작 상영 후, 강찬은 베를린에서만큼은 독일 총리보다 바쁜 사람이 되었다. 독일의 방송사뿐만 아니라 전 세계 수많은 매체에서 인터뷰가 들어왔고 방송 출연 요청이 쇄도했다.

강찬에 대한 관심은 그의 주변에까지 뻗쳤다.

강찬과의 컨택트에 실패한 매체들은 그의 주변 사람들을 찾아가 인터뷰를 요청했고 결국 함께 베를린을 찾은 그의 지인들조차도 호텔에 틀어박힐 수밖에 없게 되었다.

"출품작들도 좀 보고 싶었는데 아쉽게 됐네요."

"이렇게 될 줄은 생각도 못 했습니다. 죄송합니다."

"강 감독이 미안할 게 있나요. 저 사람들이 정도를 모르는 거죠."

영화제가 진행되는 동안 베를린 시내의 극장에는 출품작들이 걸리게 된다. 강찬 또한 베를린을 관광하며 영화를 볼 생각이었는데 기자들의 과도한 취재 욕심 탓에 공식 석상에 나가는 것 외의 모든 일정은 취소한 상태였다.

"그래도 오늘만 버티면 되잖아요. 안 그래도 신경 쓸 게 많을 텐데 너무 마음 쓰지 말아요."

"이해해 주셔서 감사합니다."

오늘은 2월 15일.

강찬이 노미네이트 되어 있는 대망의 장편 부문 시상식 날이었다. 매체에서는 강찬의 수상을 예견하는 기사들이 수도 없이 쏟아졌고 반대로 그가 수상하지 못하는 이유에 대해 말하는 기사들도 쏟아졌다.

그 어느 때보다 뜨거운 베를린 국제 영화제 속, 강찬은 호텔을 나서서 시상식장으로 향했다.

시상식은 감정의 폭풍 그 자체였다.

상을 받지 못한 이들의 탄식과 안타까움. 받은 이들의 환호와 기쁨. 그 모든 것들이 섞인 감정의 소용돌이 속, 강찬 또한 긴장된 기색이 역력한 얼굴로 자리를 지키고 있었다.

"긴장되세요?"

"그럼."

그의 옆에 앉은 여진주가 강찬의 손을 쥐여주었지만, 긴장이 풀릴 기미는 보이지 않았다.

"여기서 상 받는 영화들, 언제 한번 다 보고 싶어요."

"다음에 꼭 보자."

다양한 감독들이 다양한 상을 받아갔다.

다큐멘터리, 단편 등 각기 다른 장르에서 저만의 세상을 펼쳐가는 천재들이 이렇게나 많았나 싶을 정도로.

상을 받은 이들은 각자의 방법으로 기쁨을 표현했다. 누군가는 웃었고 누군가는 오열했으며 누군가는 덤덤했다.

'나는 어떨까.'

만약 상을 받게 된다면 어떤 기분이 들까? 당연히 기쁘겠지. 그다음은?

꼬리의 꼬리를 문 생각은 어느새 삼천포로 빠졌고 처음으로 시나리오를 썼을 때가 떠올랐다.

영화를 만들기 위해서라기보다 자기만족을 위해. 내 머릿속에만 존재했던 시나리오를 쓴다는 것 자체가 즐거웠던 때.

시나리오가 픽업되어 감독님이라 불리던 첫날. 내 영화가 처음으로 극장에 걸리고 개봉하던 날까지.

언제나 처음은 있는 법이다.

전 세계에서 모인 영화인들이 자신의 얼굴을 바라보고 있는 지금 이 순간도 처음이지만 언젠가는 익숙해지고 무뎌지는 날이 올 것이다.

그렇게 강찬은 긴장을 풀며 무대를 바라보았다.

"장편 영화 부문 황금곰상 시상을 시작하겠습니다."

"올해는 특히나 더 치열했습니다. 변화라는 슬로건을 건만큼 수많은 장르의 다양한 작품이 가후보에 올랐고 그 중 황금곰상 후보 작품을 고르는 데만 2주가 넘게 걸렸죠. 심사위원 분들의 노고에 감사드립니다."

"그럼 치열한 경쟁의 끝, 후보에 오른 여섯 작품, 그리고 감독님을 만나 보시죠."

무대 아래 관객석에 앉아 있던 강찬의 얼굴이 스크린에 떠올랐다. 그 외에도 다섯 감독의 얼굴이 스크린에 함께 비추어졌다.

강찬을 비롯해 후보에 오른 여섯 감독은 제각기 긴장이 역력한 표정으로 스크린을 바라보았다.

그사이, MC들은 뒤로 물러섰고 이번 베를린 국제 영화제 장편 영화 부문 심사위원을 맡은 두 사람이 나와 소개를 시작했다.

"첫 후보는 'THE MICHAEL'의 강찬 감독입니다."

"강찬 감독의 이번 작품은 흥행과 평단, 두 가지를 모두 사로잡았다는 평가를 받고 있습니다. 극의 구성부터 연출, 배우의 연기와 메타포까지. 모든 것들에 있어 완성된 작품이라는 점에서 극찬을 받고 있으며 무엇보다 '변화'라는 키워드에 가장 어울리는 작품이라는 점에서 이번 황금곰상 후보에 노미네이트 되었습니다."

자신을 소개하는 말에도 강찬의 시선은 한 곳, 무대 위 단상에 놓인 황금곰상에 집중되어 있었다.

새끼 곰이 앞발을 들고 있는 것 같은 모양새. 얼핏 보면 귀엽다는 생각이 드는 트로피였으나 강찬에게는 세상 그 어떤 것보다 아름답게 보였다.

'내 손에 쥘 수 있을까.'

강찬이 트로피를 바라보고 있는 사이, 강찬을 포함한 후보들의 소개가 마무리되었다.

"영화를 구성해 나가는 퍼즐들이 모여 보여주는 전체적인 그림, 그것에 입혀져 있는, 보는 순간 눈에 들어오는 것. 그것을 우리는 영화의 색이라고 정의했습니다."

"어떤 이들은 보수와 진보로 그 색을 나누고, 누군가는 정치적 올바름을, 또 다른 사람들은 장르라고 부르기도 하죠. 그렇기에 색이 없는 영화는 없습니다."

"그리고 모든 영화는 각자가 다른 색을 가지고 있습니다. 같은 감독, 같은 배우, 같은 스태프들이 모여 만든 영화라도 색은 조금씩 달라지죠. 그렇기에 색이라는 것은 정말 중요합니다. 영화를 보는 데 있어 가장 먼저 보이는 것이니까요."

영화의 색을 결정하는 것은 무엇일까.

감독? 시나리오? 배우? 그것도 아니면 제작사?

결국, 누구의 손에 칼이 쥐어 있느냐에 따라 달라질 것이다. 제작사의 영향력이 크다면 돌아오기 전, 졸작이 되어버린 '하루'처럼 될 수도 있으며 감독이 칼자루를 쥐었다면 감독의 색대로 진행될 테니까.

그런 의미에서 강찬이 만든 영화들은 온전히 강찬만의 색을 지닌 영화나 다름없었다.

그가 제작한 영화는 기획부터 마감까지 강찬의 손 위에서 제작되었으며 그의 영향력 아래 놓여 있었으니까.

'만약 이번에 내가 상을 받는다면.'

베를린, 아니 세계 각지에서 모인 심사위원들이 자신의 색을 인정한다는 뜻이 된다. 단순히 작품성 하나만이 아닌 그의 삶 전부를 인정받는 것이다.

강찬의 탐욕 어린 시선이 다시 한번 황금곰상으로 향할 때, 심사위원들의 말이 이어졌다.

"저희가 색에 대해 장황한 이야기는 이번 영화제 후보작들을 한 단어로 정리하기 위해 필요한 단어였기 때문입니다. 이번 후보작들은 정말 다양한 색을 품고 있었죠. 폭풍과 같이 몰아치는 영화도 있었고 바다 위 무풍지대처럼 침묵하는 영화도 있었습니다. 둘 다의 성질을 가진 영화도 있었습니다."

"그랬기에 수상작을 뽑는 데 있어 어느 때보다 어려운 해가 되었었습니다. 심사위원들 또한 각자가 가진 색이 달랐기에 평가하는 방식이 달랐으니까요. 하지만 신기하게도. 결론은 같았습니다. 모두가 다른 색을 가진 심사위원들은 돌고 돌아 하나의 작품을 최고로 꼽았습니다."

"만장일치. 그리고 최고점. 언제 들어도 설레는 두 단어를 동시에 취한 작품입니다. 영화의 작품성, 흥행성 혹은 평단의 평가는 굳이 말할 것도 없으리라 생각합니다. 여기 계신 영화인 여러분들이라면 보지 않았을 리가 없으니까요."

"이번 수상작은 강찬 감독의 'THE MICHAEL'입니다. 수상 축하드립니다."

심사위원의 말을 들으며 어느 정도 예상이 되었다. 그리고 그것은 현실이 되었고. 강찬은 자신의 상상이 현실이 된 순간을 만끽하기 위해 눈을 감았다.

그의 이름이 호명된 순간. 핀포인트 조명이 켜지며 강찬을 비추었고 모든 카메라가 강찬의 얼굴을 클로즈업했다.

눈을 감은 그의 얼굴이 거대한 스크린을 가득 채웠고 온 사방에서 축하의 말이 쏟아졌다.

"축하드립니다."

"축하해!"

꿈과 상상, 현실의 경계가 모호해진 느낌 속, 강찬의 머릿속에 든 생각은 단 하나였다.

'해냈다.'

돌아오기 전, 볼품없다고 생각했던 삶의 경험은 경험의 양분이 되어주었고 강찬이 지금 이 자리에 올 수 있는 주춧돌이 되어주었다.

단 한 번 주어진 기회, 그것을 붙잡음으로써 이만큼이나 달라진 삶을 살 수 있구나.

수없이 많은 기회를 놓쳤던 돌아오기 전의 삶 또한 하나의 기회만 잡았더라면 이렇게 변화시킬 수 있지 않았을까.

후회는 돌이킬 수 없기에 후회이다. 실패를 돌아보며 양분 삼을 수 있게 된 지금, 굳이 과거를 돌아보며 후회할 이유, 그리고 시간은 없다.

생각의 끝, 강찬은 눈을 떴다. 그러곤 자신을 바라보고 있는 이들에게 말했다.

"감사합니다."

지금 감정에 충실하고 앞으로 나아가기 바쁜 삶, 강찬은 현재를 즐기기 위해 무대를 향해 발걸음을 옮겼다.

"수상 축하드립니다."

무대에 오르자 기다리고 있던 심사위원들이 강찬을 맞이했고 그들은 황금곰상을 든 채로 말을 이었다.

"강찬 감독은 이번 베를린 국제 영화제의 슬로건, '변화'에 가장 어울리는 감독입니다. 제작하는 영화마다 새로운 것을 보여주며 끊임없이 나아가는 변화를 보여주었고 그것은 베를린, 나아가 영화인이라면 누구나 가져야만 하는 변화라 생각했습니다."

"움직이지 않는다면 멈추어 있을 수밖에 없습니다. 그리고 멈춘 삶은 죽은 삶이나 다름없죠. 그런 의미에서 강찬 감독이 보여준 변화는 우리 모두의 가슴을 자극했습니다."

"그렇기에 이번 63회 베를린 국제 영화제, 장편 부문 황금곰상을 강찬 감독에게 수여합니다. 축하드립니다."

심사위원이 들고 있던 황금 곰 모양의 트로피가 강찬에게 건네졌다. 생각을 정리한 뒤 올라온 덕일까. 오히려 개막식을 할 때보다 편안한 마음이었다.

"감사합니다."

"뭘요, 이런 영화를 제작해 주셔서 오히려 감사드립니다. 그럼 강찬 감독님의 수상소감을 들어보도록 하겠습니다."

두 명의 심사위원이 뒤로 물러서자 강찬은 마이크를 쥐었다.

"이런 큰 상을 받게 되어 영광입니다. 그리고 감사드립니다. 한국에서는 상을 받으면 그간 감사했던 모든 분의 이름을 부르는 관습이 있습니다. 함께 고생했기에 제가 대표로 받는다는 의미죠. 하지만 너무 많은 분이 함께해 주셨기에 시간상 다 부를 순 없습니다. 그러니 저와 함께 고생한 모든 분께 이 상을 바칩니다. 항상 감사했고 또 앞으로도 잘 부탁드리겠습니다."

황금곰상을 든 채 허리 숙여 인사한 강찬은 관객석, 자신이 앉아 있던 빈자리를 바라보며 말을 이었다.

"저 아래 앉아 많은 생각을 했습니다. 제가 상을 받게 되면 어떨지, 다른 분들이 받게 되면 어떨지. 그렇게 부표처럼 흐른 생각이 다다른 곳은 처음이었습니다. 생각을 하다 보면 그럴 때가 있지 않잖습니까? 어느 순간 처음에 고민하던 것과는 전혀 다른 것을 고민하고 있는 거죠. 저도 그랬습니다."

'내가 어떻게 그리고 왜 영화를 시작했더라?'

그 원론적인 물음은 강찬을 이 자리에 있게 만드는 원동력이 되었다.

"언제나 처음은 존재합니다. 제게 이 자리가 처음이듯, 이 상을 수상하는 게 처음이듯, 누구에게나 처음은 다가옵니다. 처음이라는 것은 다시 오지 않을 기회이며 미지입니다. 모르는 것은 자연스레 두려움을 낳고 사람을 뒷걸음질 치게 만들죠."

"하지만 한 걸음. 미지를 향해 나아간다면 첫걸음은 두 걸음이 되고 세 걸음이 되며 경험이라는 소중한 자산이 될 것입니다. 저는 이번 영화 'THE MICHAEL'을 통해 처음을 이겨내는 법을 그리고 싶었습니다."

그가 가진 능력, 연설에 진심이 담겼고 담담한 목소리로 이어지는 강찬의 수상소감은 어느새 모든 관객을 매료시키고 있었다.

"그랬기에 마이클은 두려움을 감추지 않았습니다. 오히려 받아들이고 어떻게 해야 내가 이 두려움을 이겨내고 나아갈 수 있을지 고민했죠. 그렇게 마이클은 미카엘이 될 수 있었습니다. 지금 우리의 근처에는 수많은 마이클이 존재합니다. 언제든 미카엘이 될 수 있는 마이클들이죠. 베를린도 하나의 마이클이라 생각합니다."

언젠가 상을 받는다면 꼭 하고 싶었던 이야기였다. 준비했던 이야기는 어느새 마지막을 향해 달려가고 있었다.

"우리는 인생을 살아가며 수없이 많은 처음과 마주하게 됩니다. 결국, 처음 맞이하는 죽음이 올 때까지 말이죠. 우리는 죽음을 두려워합니다. 누구도 겪어보지 못한 미지니까요. 그렇다고 해서 내일을 살아갈 용기를 잃지는 않습니다. 이것 또한 겪어보지 못한 미지기 때문이죠."

강찬은 마무리를 위해 짧은 숨을 들이쉰 후 말을 이었다.

"말이 길어졌습니다. 변화를 두려워하지 말고 미지를 향해 나아가는 것. 누구보다 자기 자신을 믿는 것. 이 두 가지를 말씀드리고 싶었습니다. 감사합니다."

강찬은 짧게 고개 숙여 인사하며 수상소감을 마무리했고 수상할 때와 비견될 정도로 큰 박수와 환호가 터져 나왔다.

"인상적인 수상소감이네요. 미지에 대한 공포를 이겨낼 수 있는 첫걸음, 그것을 만들어내는 변화라. 과연 강찬 감독이라는 생각이 듭니다."

"저는 죽음이라는 미지를 향해 달려간다는 것이 참 와닿았습니다. 겪어보지 못한 미지를 두려워하는 건 당연한 건데 먼 미래의 죽음을 두려워하지 않는 이유가 뭘까요?"

심사위원들이 강찬의 수상소감을 두고 토론을 시작하려 할 때, MC들이 그들을 제지했다.

"두 분, 토론은 무대가 끝난 뒤에 해주시겠어요? 토론의 주제가 흥미로워서 저도 참여하고 싶지만 여긴 시상식장이라서요."

"아, 죄송합니다. 그럼 인터뷰 이어가도록 하죠. 좋은 수상소감 감사합니다, 강찬 감독님. 이번 영화 'THE MICHAEL'로 황금곰상을 수상하게 되었습니다. 다음 목표가 있나요?"

할 말을 모두 마친 채 후련한 얼굴로 서 있던 강찬이 답했다.

"목표는 항상 있죠."

"그중 가장 가까운 목표는요?"

"다음 영화의 제작, 그리고 흥행입니다."

"영화감독이자 제작사의 수장답네요. 그럼 가장 큰 목표는 뭔가요?"

강찬은 1초의 고민도 하지 않고 미소를 지은 채 답했다.

"100억 관객을 들이는 겁니다."

"……100억이요?"

강찬의 말은 전파를 타고 전 세계로 생중계되었고 TV를 통해 그것을 보고 있던 안민영은 탄식을 뱉었다.

"세상에, 저 말을 진짜 할 줄이야."

안민영뿐만 아니라 강찬의 목표를 알고 있던 모두가 같은 반응이었다. 항상 장난처럼 말하던 게 진짜 목표였다니.

모두에게 충격을 안겨준 강찬은 태연하게 말을 이었다.

"예, 100억 관객입니다."

"상상도 가지 않는 수치네요. 100억이라는 구체적인 숫자가 정해진 이유가 있나요?"

악마인지 무엇인지 모를 대상과 내기를 했기 때문입니다. 라고 대답할 순 없는 노릇. 강찬은 잠시 생각한 뒤 답했다.

"10억은 작고 1,000억은 너무 커서 말입니다. 적당한 목표를 찾다 보니 100억이 되었습니다."

그의 대답에 심사위원은 어처구니가 없다는 표정을 지었다. 하지만 이내 이미 강찬이 20억 관객을 향해 달리고 있다는 사실을 깨닫곤 고개를 끄덕였다.

"그렇……겠네요. 강 감독에게는 이 세상이 좁게 느껴지시겠어요."

"칭찬으로 듣겠습니다."

"그럼요. 100억 관객 돌파 이후에는 어떤 계획을 가지고 계신가요?"

"언제가 될지는 모르겠지만 잠시 쉴 계획입니다. 그리고 다시 영화를 만들겠죠."

"강찬 감독님의 팬 입장으로 정말 즐거운 말이네요. 평생 강찬 감독님의 영화를 볼 수 있다니. 그럼 기대하겠습니다. 수상진심으로 축하드립니다."

"감사합니다."

인터뷰를 끝낸 강찬은 다시 한번 관객들에게 인사를 한 뒤 황금곰상 트로피를 품에 안고 무대를 내려왔다.

그러자 여진주는 자신의 일인 것처럼 기뻐하며 꽃다발을 건넸다.

"진짜 축하해요."

"고마워."

인생 최고의 순간을 사랑하는 사람과 함께하는 것만으로도 행복한데 주변의 이들 모두 자신의 일처럼 축하해 주고 있었다.

이토록 행복한 순간이 또 있을까.

'이것도 처음이겠지.'

처음이 있으면 두 번째, 세 번째가 있는 것은 당연한 이치. 강찬은 이 화려하고도 아름다운 추억을 망막 깊이 새겼다.

**◀ 7장 ▶**

**에필로그**

　"전 세계의 영화산업은 한순간도 쉬지 않고 발전해 왔습니다. 정적이었던 그림이 동적으로 움직이기 시작하고 흑백, 두 가지 색밖에 없던 화면에 총 천연의 색들이 입혀졌습니다. 나아가 움직이는 그림 위로 소리가 더해졌으며 이야기라는 것이 생겨났죠."

　"영화는 그렇게 시작되었습니다. 영화의 역사는 그리 길지 않습니다. 기껏해야 100년이 조금 넘었죠. 하지만 영화는 미디어의 총 집합체라 할 수 있습니다. 그림과 음악, 사람과 연기, 이야기의 흐름까지. 미디어에 포함되는 모든 것들이 영화에도 들어 있죠."

　글과 그림. 두 가지 미디어의 역사에 비하자면 영화가 가진

100년이라는 시간은 짧다 못해 찰나에 가까울 정도였다.

"그렇기에 영화산업은 여러 갈래로 나뉘어 발전해 왔습니다. 한 사람, 하나의 기업이 모두 관리할 수 없을 정도로 방대해졌기 때문입니다."

"무엇보다 하나의 기업이 감당할 필요가 없었습니다. 24시간 7일 내내 영화를 제작할 수 있는 게 아니니까요. 로스 타임이 생기기 마련이고 그동안은 손을 놓고 놀 수밖에 없습니다. 간단히 말해 효율이 떨어지는 거죠."

어느 일이든 효율은 중요하다. 특히 돈이 들어가는 일이라면 더더욱. 효율이 떨어지면 수익성이 떨어지기 마련이고 수익성이 떨어진 회사는 도산하기 마련이니.

"혹자들은 말했습니다. '누군가 할리우드 대통합을 해낼 수만 있다면 영화 제작 속도가 두 배 이상으로 빨라질 것이다라고요."

"그 말을 들은 사람들은 모두가 불가능이라 말했습니다. 그러기 위해선 막대한 자본이 필요하고 무엇보다 이미 득세하고 있는 대기업들을 모두 흡수해야 했습니다. 불가능한 일이었죠."

"에, 맞습니다. 불가능한 일이었습니다. 하지만 한 사람이 그것을 해냈습니다. 영화감독으로 데뷔해 회사를 설립하고 이제는 할리우드에서 가장 큰, 아니, 할리우드 그 자체가 되어버린 사나이죠."

정확히 말하자면 모든 회사의 대통합은 아니었다. 내가 만들어낸 프로토콜이 가장 합리적이라는 것을 20년의 시간으로 입증해냈고 그 결과, 다른 회사들 또한 나와 같은 방식을 선택하게 되었을 뿐.

"토머스 에디슨, 아인슈타인, 라이트 형제, 피카소, 스티븐 잡스. 이 사람들의 공통점은 뭐라고 생각하십니까?"

"선구자 아닐까요?"

"그렇습니다. 선구자. 다른 이들과 다른 길을 걷거나 혹은 한 걸음 나아가 먼저 길을 열어가는 패스파인더들입니다. 정석이 없는 길을 걸었기에 실패와 역경을 수도 없이 겪었지만, 그것들을 발판 삼아 성장하고 또 이름을 남긴 사람들이죠."

"데뷔 후 20년간 54편의 다양한 장르 영화를 제작한 감독이자 제작자, 그리고 CEO를 겸하고 있는 사람이 있습니다. 연평균 2.7편의 영화를 제작한 셈이죠. 이것만으로도 대단하다 할 수 있습니다. 하지만 그는 편당 평균 관객 1억 8천만 명을 모으며 전 세계 최초로 100억 관객을 들인 유일한 감독이 되었습니다."

거대한 스크린 위로 지금껏 강찬이 만들어온 54편의 영화, 그리고 그가 받은 상들이 주르륵 나열되었다.

"그렇기에 우리는 이 사람을 영화계의 선구자, 패스파인더라 부릅니다."

"영화계의 선구자, 그가 자신의 일대기를 담은 영화를 가지고 돌아왔습니다. '미래에서 온 영화감독'의 감독, 강찬 감독님을 소개합니다."

소개가 끝나자 강찬이 무대 위로 발걸음을 옮겼다.

"오랜만에 뵙습니다. 영화감독 강찬입니다."

"정말 오랜만입니다. 체감상 20년은 된 거 같아요. 감독님이 없는 2년은 너무 길었습니다."

"20년이 넘는 세월 동안 매년 감독님의 영화를 보며 자랐는데 2년이나 작품을 안 내시다니. 팬들이 얼마나 마음고생이 심했는지 아십니까?"

두 MC의 말에 강찬은 멋쩍게 웃을 수밖에 없었다.

100억 관객을 달성한 후, 강찬은 2년이라는 공백기를 두었다. 별다른 이유는 없었다.

아무것도 하지 않고 휴식을 취하고 싶었고 다시 영화가 만들고 싶었을 때 돌아왔다.

"그래도 돌아와 주셔서 감사합니다. 이번 작품. '미래에서 온 영화감독'은 강찬 감독님의 일대기를 담고 있다고 들었는데. 맞나요?"

"비슷합니다만 조금 다릅니다. 조금의 MSG가 들어 있습니다. 성공해 본 적 없는 감독이었던 제가 과거로 돌아간다거나 하는 그런 것들이요."

강찬의 말을 농담이라 생각한 MC는 웃음을 터뜨리며 답했다.

"겪어본 적 없는 일이라 몰입하기 힘드셨겠습니다."

강찬은 대답 대신 어깨를 으쓱였다. 겪어본 적 있지만. 이번 삶에서는 아니었으니까. 그의 반응에 다시 질문이 이어졌다.

"이번 작품에서는 특수 분장을 통해 어린 나이의 '강찬'부터 현재까지 직접 연기를 하셨다고요."

"예, 아무래도 제 일대기인 만큼 제가 직접 연기해 보고 싶었습니다."

"덕분에 기대하는 팬들이 아주 많습니다. 강 감독님의 작품 중, 강 감독님이 조연 혹은 카메오로 등장한 작품들은 많아도 주연으로 연기한 작품은 '악당' 이후 최초니까요."

"기대해 주신다니 감사할 따름입니다."

"저도 강 감독님의 팬 중 한 사람으로 정말 기대 중입니다."

진심이 느껴지는 대답에 강찬은 기분이 좋아지는 것을 느꼈다. 그가 미소를 짓자 함께 미소를 지은 MC가 질문을 이어갔다

"이제 곧, '미래에서 온 영화감독'의 전 세계 최초 시사회가 시작될 예정입니다. 시작 팬들에게 하실 말씀이 있으신가요?"

MC는 질문하면서도 기다리고 있는 대답이 있는 듯 잔뜩 기대한 표정이었다.

지금껏 20년 넘게 영화가 개봉할 때마다 해오고 있는 말이고, 이제는 스티븐 스필버그의 영화보다 강찬이 한 말로 기억하고 있는 이들이 많아진, 그 문장.

"안 하면 안 될 것 같은 분위깁니다만."

"하하, 그럼 모두가 기대하고 있으니 해주시길 바랍니다."

"뭐, 언제나 같습니다. 저는 여러분께 새로운 세계라는 미지를 선물하는 작가이자 영화감독입니다. 이번에도 행복하고 유익한 영화가 되길 바라며. 이만 즐거운 미지와의 조우가 되시길."

인터뷰를 마친 강찬은 무대에서 내려와 관객석 제일 앞자리로 향했다. 그러자 그곳에서 기다리고 있던 여진주. 그리고 첫째와 둘째 아들이 다리를 방방거리며 강찬을 반겨주었다.

"아빠, 이제 영화 시작하는 거예요?"

"응. 그럼 이제 어떻게 해야 하지?"

"다른 사람에게 방해 안 되게 조용히 관람해야 해요."

"그렇지. 우리 아들들 착하다."

방금까지 무대 위에서 카리스마를 흘리던 강찬이 아닌, 두 아이의 아버지의 모습을 하고 있었다.

강찬이 여진주의 옆에 앉자 그녀는 강찬의 손을 쥐며 말했다.

"멋졌어요."

"고마워."

"진짜로."

영화관의 불이 꺼지자 여진주는 강찬의 볼에 입을 맞춰주었다. 마흔이 넘은 두 사람이 꽁냥거리는 사이, 영화가 시작되었다.

여진주는 잡고 있던 손을 놓고 영화에 집중했고 강찬 또한 시트에 몸을 깊게 묻었다.

'행복하다.'

자신을 사랑해 주는 팬들과 자신이 사랑하는 사람들과 자신이 만든 영화를 감상하는 것. 이것만큼 행복한 순간이 또 있을까.

그리고 이 행복한 순간은 언제든 다시 올 수 있다는 그 사실이 너무나 행복했다.

완결.

읽어주서서 정말로 감사합니다.

우진 현대 판타지 장편소설
WISHBOOKS MODERN FANTASY STORY

# 다시 태어난 베토벤

1827년 한 남자의 죽음으로 고전 시대가 저물었다.

그러나
그가 지핀 낭만의 불씨가 타오르니
비로소 새로운 시대가 열렸다.

긴 시간이 흘러 찬란했던 불꽃도 저물어 갈 즈음.
스스로 지핀 불씨를 지키기 위해
불멸의 천재가 다시 태어났다.

## 〈다시 태어난 베토벤〉

마치 운명이 문을 두드리듯
힘차게 손을 뻗어 외친다.
**"아우아!"**

**나는 몰상식한 놈이다**

글쓰는기계 게임 판타지 장편소설
WISHBOOKS GAME FANTASY STOR

판타지 온라인의 투기장.
대장장이로 PVP 랭킹을 휩쓴 남자가 있다?

"아니, 어디서 이런 미친놈이 나타나서……."

랭킹 20위, 일대일 싸움 특화형 도적, 패배!

"항복!"

'바퀴벌레'라고 불릴 정도로
끈질긴 생명력을 가진 성기사조차 패배!

"판타지 온라인 2, 다음 달에 나온다고 했지?"

평범함을 거부하는 남자, 김태현!
그가 써내려가는 신개념 게임 정복기!

# 만 년 만에
# 귀환한
# 플레이어

나비계곡 퓨전 판타지 장편소설
WISHBOOKS FUSION FANTASY STORY

어느 날, 갑작스럽게 떨어진 지옥.
가진 것은 살고 싶다는 갈망과 포식의 권능뿐.

일천의 지옥부터 구천의 지옥까지.
수십만의 악마를 잡아먹고 일곱 대공마저 무릎 꿇렸다.

**"어째서 돌아가려 하십니까?"**
**"김치찌개가… 김치찌개가 먹고 싶다고."**

먹을 것도, 즐길 것도 없다.
있는 거라고는 황량한 대지와 끔찍한 악마뿐!

**"난 돌아갈 거야."**

# 「만 년 만에 귀환한 플레이어」

# 밥만 먹고 레벨업

박민규 게임 판타지 장편소설
WISHBOOKS GAME FANTASY STORY

바사삭, 치킨, 새벽 1시에 먹는 라면!
그런데 먹기만 해도 생명이 위험하다고?

가상현실게임 아테네.
먹고 싶은 음식을 먹을 수 있는 유일한 방법!

[식신의 진가가 발동됩니다.]
[힘 1, 체력 1을 획득합니다.]

「밥만 먹고 레벨업」

"천년설삼으로 삼계탕 국물 내는 놈이 세상에 어디 있냐!"
"여기."